DALLAS SCHULZE

L'épouse d'un autre

éditions Harlequin

Titre original : ANOTHER MAN'S WIFE

Traduction française de CHRISTINE MAZAUD

HARLEQUIN®
est une marque déposée par le Groupe Harlequin

PRÉLUD'®
est une marque déposée par Harlequin S.A.

Photos de couverture

Femme : © GOODSHOOT / JUPITER IMAGES
Silhouette : © LALOVE BENEDICT / MASTERFILE
Bouquet de mariée : © KAREN WHYLIE / MASTERFILE

83-85, boulevard Vincent-Auriol 75646 PARIS CEDEX 13.
Service Lectrices — Tél. : 01 45 82 47 47
www.harlequin.fr
ISBN 978-2-2808-0788-3 — ISSN 1950-277X

Prologue

Gage n'avait jamais été garçon d'honneur, mais le film *Quatre mariages et un enterrement* lui avait donné une idée assez complète des obligations liées à cette charge et des bourdes à éviter. Ne pas oublier les alliances, pour commencer, puis les donner à Rick au bon moment ; porter ensuite aux nouveaux mariés un toast assorti d'un discours où le subtil le disputerait au drôle ; enfin, durant la soirée, servir de cavalier à la demoiselle d'honneur.

Et pour cette première, on pouvait dire qu'il s'en était tiré avec les honneurs. Il n'avait pas oublié les anneaux, ne les avait pas laissés tomber, et son discours avait été accueilli avec un nombre respectable de gloussements amusés.

Quant à son rôle auprès de la demoiselle d'honneur, il avait été grandement simplifié par le fait que la jeune femme était venue avec son fiancé.

Tout allait donc pour le mieux…

Tout, à l'exception d'un petit détail… Oh ! Pas grand-chose… Une vétille… Il était juste tombé amoureux de la mariée. Au premier regard. Fauché en plein vol par les plus beaux yeux du monde. La plus belle bouche. Les plus beaux cheveux, qu'il avait immédiatement eu envie de débarrasser de leurs épingles pour les sentir glisser entre ses doigts comme des fils de soie.

Durant la cérémonie à l'église, tout occupé à s'assurer d'un parcours sans faute, il n'avait pas fait particulièrement attention à la jeune femme, cachée sous son voile de dentelle, et qu'il n'avait jamais rencontrée auparavant. Ce n'est qu'en arrivant au cocktail, quand Rick lui avait présenté Kelsey, qu'il avait saisi toute la portée métaphorique de l'expression « coup de foudre ».

Une décharge électrique l'avait traversé de part en part et il lui avait semblé que le sol se dérobait sous ses pieds.

— Je suis heureuse de faire enfin votre connaissance, Gage. Rick m'a beaucoup parlé de vous…

Elle lui avait souri. Elle avait porté sur lui un regard doux et chaleureux.

— Il ne faut pas croire tout ce que Rick raconte ! Il a toujours été jaloux de moi…

Il avait pris la main qu'elle lui tendait.

Et c'est à ce moment-là que la chose s'était produite. Le coup de foudre. Incapable de lâcher ses doigts. Incapable de lâcher ses yeux. Gris. Pas gris-bleu mais gris clair, presque transparents, des yeux qui semblaient lire dans son âme et dans lesquels, curieusement, il avait lu de l'étonnement. Peut-être même un certain trouble.

Le temps s'était arrêté.

— J'ai fait le bon choix ? avait alors lancé Rick, brisant le sortilège.

Gage avait lâché la main de Kelsey, comme brûlé. Il avait rassemblé sa raison en déroute pour répondre à son ami qu'il avait fait un très bon choix, puis il s'était tu. Qu'y avait-il à dire d'autre ?

Pas besoin d'un manuel de savoir-vivre pour se rendre compte que fantasmer sur l'épouse de son meilleur ami ne se faisait pas…

— Rick nous a dit que vous construisiez des ponts, monsieur Walker… Ça doit être passionnant…

La jeune femme qui venait de lui adresser la parole portait la même robe pêche que les autres demoiselles d'honneur, ce qui voulait dire qu'elle avait dû lui être présentée.

— Je ne les construis pas tout seul, vous savez, répondit-il d'un ton assez peu engageant, en essayant de se rappeler son prénom.

Mary ? Marie ? Claire ?

— Il paraît que vous êtes venu spécialement d'Autriche pour le mariage ?

Elle soupira.

— J'ai toujours eu envie d'aller en Autriche. Avec toutes ces charcuteries, ces pâtisseries... Evidemment, si j'y vais un jour, je devrai faire attention à mon régime...

Elle plaqua ostensiblement les mains sur ses hanches pour faire valoir sa taille de guêpe. Le message était limpide.

En d'autres circonstances, Gage aurait répondu à l'invitation. Ce geste et la façon dont elle le regardait ne laissaient planer aucun doute. D'ordinaire, il ne voyait pas d'objection à ce qu'une femme lui fasse des avances. Surtout une jolie femme ; ce qui était présentement le cas. Mais, cette fois-ci, il n'était pas d'humeur.

— J'arrive d'Australie. Pas d'Autriche...

— Ah ! Je n'ai jamais été très douée pour la géographie !

Elle s'esclaffa, avec une moue qui sous-entendait qu'elle excellait en revanche dans d'autres domaines, pas forcément enseignés à l'université…

— Il y a longtemps que vous connaissez Kelsey ? demanda-t-il, espérant lui faire comprendre qu'il ne la suivrait pas sur le terrain du badinage.

— On s'est connues à la fac. Plus précisément, on s'est rencontrées à un casting pour *pom-pom girls*. J'ai été prise. Pas elle. Ce qui ne nous a pas empêchées de devenir amies… Ils sont beaux, vous ne trouvez pas ? ajouta-t-elle avec un geste de la tête qui désignait les jeunes mariés. C'est formidable ce qu'ils vont bien ensemble !

Il acquiesça. Ils formaient un beau couple en effet. Grand et blond, Rick était magnifique dans son smoking noir. Quant à Kelsey, elle dévorait son mari du regard.

Gage détourna les yeux, mal à l'aise. Il n'était pas jaloux de son meilleur ami, quand même ? Envieux de son bonheur, peut-être, mais pas jaloux !

— Donc, vous êtes arrivé ce matin ? reprit Claire.

Ce devait être Claire, il en était maintenant persuadé.

— Non, hier soir tard…

Il s'approcha du buffet pour prendre une coupe de champagne, mais se ravisa. Il allait plutôt boire un verre d'eau. Compte tenu de son état de fatigue dû au décalage horaire, il valait mieux qu'il évite l'alcool, s'il ne voulait pas rouler sous la table.

Il faisait des efforts pour regarder son interlocutrice, alors que ses yeux revenaient sans cesse à Kelsey, à son visage ravissant, à ses cheveux dorés qui accrochaient la lumière et à son sourire éblouissant… Pourquoi n'aurait-elle pas souri ? Ne venait-elle pas de se marier avec l'homme qu'elle aimait ?

Il but une gorgée d'eau et son regard se porta une nouvelle fois sur les jeunes mariés. Allons… Au fond, il était heureux que Rick ait trouvé la femme de ses rêves.

Cette attirance ? Un délire passager, dû à la fatigue du voyage et au fait que sa nuit avait été courte, sans doute.

— Excusez-moi, dit-il à Claire, n'y tenant plus, je n'ai pas encore dansé avec la mariée…

Il s'approcha du jeune couple.

— Le garçon d'honneur est-il autorisé à danser avec la mariée ?

— Je ne sais pas. Tout dépend de la mariée. Si elle aime ou pas qu'on lui écrase les pieds...

Rick regarda sa femme qui riait, ses beaux yeux gris pétillants de plaisir.

— Alors, ma chérie, qu'en dis-tu ? Tu prends le risque ?

— Je crois que oui. Après tout, Gage est venu de tellement loin ! Je lui dois bien une danse... Même si je dois me faire écraser les pieds...

— Ne l'écoutez pas, Kelsey ! Je vous l'ai dit : Rick a toujours été jaloux de moi, parce qu'il danse comme un fer à repasser.

— Alors que toi, tu danses comme Fred Astaire, peut-être !

— Vous voyez, Kelsey ? Encore la jalousie qui parle !

La jeune femme éclata de rire, prit la main que Gage lui tendait et le suivit sur la piste, au moment où l'orchestre entamait un slow sirupeux. Visiblement embarrassée, elle se raidit et Gage crut qu'elle allait se dérober, en lui disant qu'elle ne dansait que le rock. Elle n'en fit rien et se tourna vers lui, un sourire poli aux lèvres. Il hésita une seconde, puis la prit dans ses bras.

— On pourrait peut-être se tutoyer, proposa-t-elle.

— Vendu !

Le slow était vraiment très lent et ils dansaient en rythme, sans parler. Gage trouvait que la jeune femme était à sa place, dans ses bras. On aurait dit qu'ils étaient faits pour elle. Il essaya de trouver quelque chose à dire pour rompre le silence, quelque chose d'amusant si possible. Mais tout ce qui lui vint à l'esprit fut : « J'aurais tant aimé te rencontrer avant Rick, Kelsey, avant que vous ne tombiez amoureux, tous les deux ! » Et c'était bien la dernière chose à dire. La plus stupide aussi, car qu'est-ce que ça aurait changé ? Rien…

Cela n'aurait rien changé du tout. Les choses se seraient passées de la même façon. Elle aurait fini par aimer Rick et lui par l'aimer, elle. Et puis Rick était fait pour fonder une famille, ce qui n'était pas son cas. Il n'était pas homme à s'établir pour mener une vie rangée. Ce genre d'existence n'était pas pour lui. Les jardins avec leurs clôtures de bois peintes en blanc, les couches-culottes, les repas du dimanche midi avec les beaux-parents… Très peu pour lui, merci !

— Rick et moi sommes amis depuis longtemps…, dit-il pour briser un silence qui devenait gênant à force de s'éterniser.

Kelsey leva la tête et le regarda de ses grands yeux gris.

— Depuis le lycée, je sais. Il me l'a dit. Il paraît que vous êtes très proches.

— Ça m'étonnerait qu'il ait formulé ça comme ça ! Ou alors il avait bu.

Gage connaissait trop bien son ami pour croire qu'il ait pu employer un mot à connotation sentimentale.

Kelsey parut embarrassée mais, comme il avait l'air amusé, elle sourit.

— Ce n'est peut-être pas exactement son terme, reprit-elle, mais c'est ce qu'il a voulu dire.

— Rick n'est pas un orateur !

Troublé par la courbe de sa taille sous sa main et le parfum subtil qui se dégageait de ses cheveux blonds, il s'efforça de penser à autre chose.

— Tout le monde n'a pas la langue bien pendue, Gage…

Le regard qu'elle lui adressa était clair : elle se moquait de lui.

— Je ne savais pas que vous aviez remarqué !

Elle rit, ce qui fit retomber la tension, puis le slow prit fin. En raccompagnant la jeune femme auprès de Rick, il tenta de se rassurer en se disant que l'attirance qu'il ressentait pour elle n'était qu'un petit coup de folie, peut-être un accès de jalousie. Qu'inconsciemment il enviait son ami d'avoir trouvé ce que lui-même n'osait même pas rechercher.

Une heure plus tard, alors que le couple s'apprêtait à fausser compagnie aux invités, Gage se joignit aux amis pour l'acclamer. Rick et Kelsey s'aimaient. Ils avaient la vie devant eux. Et, contre cela, il ne pouvait rien.

Alors, triste mais résigné, il se versa une flûte de champagne, la leva et, en silence, leur souhaita sincèrement tout le bonheur du monde.

Chapitre 1

Gage gara sa voiture de location le long du trottoir, coupa le contact et resta un long moment les mains sur le volant, à regarder tomber le crachin. Trop légère pour être qualifiée de pluie, mais trop dense pour de la brume, l'humidité omniprésente le transperçait et lui glaçait les os.

Les Californiens ne se plaindraient pas de la sécheresse, au moins, cette année. Les touristes, qui avaient fui vers l'ouest pour échapper à la neige et au froid, scrutaient le ciel par les fenêtres de leurs motels dans l'espoir d'apercevoir un rayon de soleil.

Gage, lui, ne pensait ni à la sécheresse, ni à la pluie, ni à ses vacances gâchées. Il faisait simplement le constat que le temps était en harmonie avec son humeur : sombre et funèbre. Il aurait voulu ne pas être là. Il aurait préféré se trouver à dix mille kilomètres d'ici, au milieu des moustiques, des mouches, de bien d'autres insectes dont il ignorait le nom. Il aurait préféré crapahuter dans la boue, la poussière. Etre en nage, dégoulinant de sueur et de crasse et pester contre le climat… plutôt que d'être assis dans cette voiture aussi confortable qu'une boîte de sardines, à ruminer ce qui l'attendait au bout de l'allée, derrière la porte close de la maison.

Il finit par ouvrir sa portière et extirper ses longues jambes de sous le tableau de bord. A quoi bon attendre encore ? L'épreuve qu'il devait affronter n'allait pas disparaître avec les minutes qui passent.

Une fois dehors, il claqua la porte et regarda la petite bâtisse, sans faire un pas. Elle n'avait pas changé depuis la dernière fois où il était venu, quatre mois plus tôt, pour Thanksgiving. A part la pelouse, peut-être, plus drue et plus verte après les pluies récentes, que bordaient de couleurs vives quelques pieds de pensées. Voilà ce qui l'étonnait toujours : cette permanence des choses quand tout le reste bascule. Toute blanche avec ses volets gris, la maison tranchait sur le paysage, parfaite carte postale du rêve américain.

Un rêve, ici, qui venait d'être brisé…

Gage regarda le ciel puis, de nouveau, la

maison. Il n'avait pas envie d'entrer, mais il ne pouvait pas rester indéfiniment sous le crachin. La tête dans les épaules, il contourna sa voiture et remonta lentement l'allée — qu'il avait passé des heures à daller avec Rick, jamais d'accord avec lui sur la façon de positionner les pavés. Assise sur la pelouse, le petit Daniel dans les bras, Kelsey riait de les entendre se chamailler.

C'était l'été dernier. Ou bien le siècle dernier, il ne savait plus, tant ces journées brûlantes de juillet lui semblaient à présent déconnectées de toute réalité. Le froid qui lui glaçait les os n'avait rien à voir avec la température. C'était le motif de sa présence ici qui le frigorifiait : Rick était mort.

Ces mots sinistres cognaient dans sa tête comme les talons de ses bottes sur les marches de la terrasse. Les rires, l'amitié, l'insouciance, tout cela était terminé. Quand Rick avait épousé Kelsey, Gage avait eu peur de perdre un ami. Mais au contraire, avec l'arrivée de la jeune femme, leur amitié avait grandi, elle s'était enrichie. A présent, il lui était même difficile, parfois, de se souvenir d'une époque où Kelsey n'était pas dans sa vie. La femme de Rick, la maman de Daniel. Son amie.

Il ferma les yeux, refoulant le sentiment de

révolte qui grondait en lui. Si quelqu'un devait mourir jeune, c'était lui... Lui qui passait son temps sur les chantiers, à escalader des poutrelles et à marcher entre ciel et terre pour vérifier qu'elles étaient bien en place. Lui qui construisait des ponts, vivant dix mois par an dans des endroits du monde où la loi était bien plus souvent une notion théorique qu'une réalité tangible. Si quelqu'un devait mourir, ce n'était pas Rick, avec son travail régulier et sa famille. Il avait tant de choses à vivre encore ! A force d'être témoin de son bonheur conjugal, Gage en était presque venu à envisager de se marier, lui, le célibataire endurci...

Seulement le sort en avait décidé autrement. Rick était mort, et lui, bien vivant, se tenait à présent devant la porte de sa maison et la regardait fixement comme s'il s'était agi d'un objet étrange, qu'il n'avait encore jamais vu. Pourtant, c'était lui qui l'avait peinte, quand Rick et Kelsey avaient emménagé. Comme il avait peint une partie des volets et effectué d'autres travaux pour les aider.

Tant que la porte restait fermée devant lui, il pouvait se dire que rien n'était réel. La mort de Rick ? Une chimère grimaçante échappée de la nuit et qui disparaîtrait aux premières lueurs de l'aube, comme un mauvais rêve. Mais, lorsque Kelsey lui ouvrirait, les choses surgiraient dans leur réalité désespérante. Il la verrait, cette réalité, dans les yeux de son amie et il serait bien forcé de l'admettre…

Il fit un pas. Ses bottes résonnèrent sourdement sur les lattes de bois de la terrasse. Il frappa et attendit, le ventre serré d'angoisse, se demandant quelles seraient les premières paroles de Kelsey. Pendant tout le vol depuis le Brésil, il avait cherché les mots justes, mais il n'avait rien trouvé. Que pouvait-on dire, en effet, à la veuve de son meilleur ami ?

Il détourna les yeux de la porte pour regarder les paniers de fleurs suspendus tout autour de la terrasse. L'œuvre de Kelsey. Rick disait toujours qu'elle avait « les pouces verts ». Il en plaisantait même, affirmant que des feuilles ne tarderaient pas à pousser sur les meubles du salon. Les paniers étaient superbes. Le vert des plantes, éclatant, et le rose vif des fleurs contrastaient avec le gris du ciel.

La porte s'ouvrit. Il se retourna, crispé.

— Gage…

La voix de Kelsey était dénuée d'émotion, et la maille de la moustiquaire si fine qu'elle dissimulait son visage.

— Kelsey !

Ils se regardèrent un moment en silence, puis la jeune femme ouvrit la moustiquaire, l'invitant à entrer. C'était sans doute un effet de son imagination, mais la petite maison sembla vide à Gage, comme si toute vie l'avait désertée.

— Je suis venu aussi vite que j'ai pu…

Kelsey referma derrière lui. Il ébaucha un geste pour la prendre dans ses bras mais, s'apercevant que sa veste était mouillée, il s'arrêta. Elle avait légèrement reculé, comme si elle ne pouvait supporter l'idée qu'il la touche.

— Tu es trempé ! dit-elle enfin. Qu'est-ce que tu as fait ? Tu es arrivé à pied d'Amérique du Sud ?

Elle avait la voix claire, presque joyeuse.

— Enlève ta veste. Tu vas attraper une fluxion de poitrine.

Il obéit. Elle lui prit le vêtement des mains et le suspendit à un cintre.

— Je vais le faire sécher dans la salle de bains.

— Merci…

Elle était amaigrie et paraissait fragile, cassable comme une porcelaine de Saxe. « Friable », se dit-il, comme elle revenait.

— Comment s'est passé ton voyage ?

Elle souriait, mais ses yeux restaient sans vie.

— Très bien. Je serais venu plus tôt, mais je n'ai appris la nouvelle que…

— Ta chemise aussi est mouillée…, dit-elle, lui coupant la parole.

Elle avança la main pour tâter l'étoffe.

— Tu veux que je te donne quelque chose pour te changer ?

Une chemise de Rick ?

— Non !

Il inspira à fond et répéta d'un ton plus neutre :

— Non merci… Je ne suis pas en sucre.

— Je ne l'ai pas pensé une seule seconde !

De nouveau, elle lui adressa un sourire, mais son regard restait fuyant.

— Tu veux un café ? J'ai fait des gâteaux au chocolat, ce matin. Si je me rappelle bien, tu adores ça.

— Kelsey…

— J'ai autre chose, si tu ne veux pas de gâteaux…

— Je ne…

— Je peux te faire un sandwich…

Elle se tordait nerveusement les doigts.

— Ils t'ont donné à manger dans l'avion ?

Mauvais comme d'habitude, j'imagine. Tu dois mourir de faim. Je vais te…

— Kelsey…

Il lui prit les mains, mais elle se dégagea.

— Je n'ai pas faim.

— Prends au moins quelque chose de chaud, insista-t-elle, comme si elle n'avait pas entendu. J'ai préparé du potage hier soir et il en reste plein. J'en ai trop fait. Tu sais que je cuisine toujours comme si je devais nourrir un pensionnat.

— Kelsey…

Il lui reprit les mains, pour la forcer à le regarder.

— Je n'ai pas fait dix mille kilomètres pour avaler un plat chaud.

— Je sais…

Il y eut un silence, puis elle leva enfin les yeux vers lui. Elle était défaite, accablée, et ne parvenait plus à parler.

— Je sais que tu n'as pas…

Sa voix se brisa. Après quelques secondes, elle réussit à se reprendre.

— Je… je ne suis pas sûre de pouvoir…

Nouvel arrêt. Elle ferma les yeux.

— J'ai tellement mal, murmura-t-elle.

Bouleversé par son chagrin, il lâcha ses mains pour la serrer dans ses bras.

— Je sais, Kelsey…

Elle enfouit la tête au creux de son cou. Cela faisait plus d'un mois qu'elle ne s'était reposée sur personne. C'était bon de pouvoir s'appuyer sur quelqu'un de fort. Elle sentait ses défenses vaciller. Des défenses qu'elle avait dressées pour se protéger. Pour tenir sa souffrance à distance et conjurer les heures sombres…

D'un battement de paupières, elle chassa les larmes qui lui brûlaient les yeux. Si elle se mettait à pleurer, Dieu seul sait quand elle s'arrêterait !

Alors elle ravala un sanglot et plaqua un sourire sur son visage.

— Je suis contente que tu sois là, Gage…

— Je serais venu plus tôt, mais la nouvelle a mis du temps à me parvenir et, ensuite, il m'a fallu une semaine pour rejoindre un aéroport.

— Je ne savais pas comment te joindre, mais je pensais bien que Cole y arriverait.

Cole était le frère de Gage. Gage avait eu l'occasion de le présenter à Rick et Kelsey, l'année précédente.

— J'aurais voulu être là tout de suite…

— Ça n'aurait rien changé, malheureusement…

Elle ôta une mèche de cheveux de ses yeux et

inspira à fond pour se ressaisir. Elle ne voulait pas s'effondrer devant lui.

— Il n'y a rien eu à faire…

— Que s'est-il passé exactement ? Le message de Cole parlait d'un accident de voiture.

— Oui.

La voyant se mettre à trembler, il regretta d'avoir posé cette question.

— Je n'aurais pas dû te demander ça. Pardon…

— Si… Si, tu as eu raison… Allons dans la cuisine, je vais te faire du café.

— Où est Danny ?

— Je l'ai couché pour sa sieste, juste avant que tu n'arrives. Avec un peu de chance, il dormira une heure ou deux. Tu n'as pas idée comme il a grandi depuis Thanksgiving !

Pour la première fois, Gage sentit un peu de joie dans son sourire. Grâce à son fils, elle gardait un rayon de soleil dans sa vie, une raison de continuer le chemin.

Il s'appuya au comptoir de chêne de la cuisine et la regarda faire. Elle prit le café, le versa dans le filtre, puis alluma le feu sous la bouilloire.

— Comment va mon filleul ?

— Danny ? Mieux que moi…

Quand la bouilloire siffla, elle commença à

verser l'eau lentement sur le café, ménageant entre eux un long silence.

— Il est trop jeune pour comprendre ce qui se passe, dit-elle enfin, mais Rick lui manque, c'est sûr. Ça fait plus d'un mois…, ajouta-t-elle après un nouveau long silence. C'est long, quand on est seule avec un bébé. Je fais tout pour lui cacher ma tristesse, tout pour que la vie continue comme avant, en apparence du moins. Je crois qu'il va bien.

— J'en suis sûr !

Kelsey soupira et regarda autour d'elle, cherchant visiblement quelque chose à faire pour occuper ses mains, tant il est vrai que lorsqu'on est en mouvement, le chagrin devient moins pesant.

— Tu es sûr que tu ne veux pas manger un morceau ? J'ai beaucoup cuisiné ces jours-ci et j'ai plein de restes.

Gage n'avait que faire de se nourrir mais, sentant qu'elle avait besoin de s'agiter, accepta.

— Tu as raison, un potage me fera du bien, prétendit-il. Dans l'avion, ils nous ont donné un sandwich dur comme de l'âne juste après le décollage… C'est dire s'il y a longtemps !

Elle ouvrit le réfrigérateur où se trouvait la soupière, prit une casserole et y versa le potage. Gage s'installa à la table de chêne — qui occupait une place centrale dans la cuisine —, comme il l'avait fait bien souvent, regardant Kelsey préparer le repas tout en observant les lieux. Rick la taquinait sur la maison, disant qu'elle l'avait voulue « juste pour la cuisine et les cinq mille mètres de terrain qui l'entouraient ». C'était l'état de décrépitude du bâtiment qui leur avait permis de l'acquérir, leur apport personnel provenant d'une petite somme que la grand-mère de Kelsey lui avait laissée en héritage.

— *Comme si s'installer dans un trou perdu ne suffisait pas, avait rouspété Rick. Il faut, en plus, qu'elle achète une maison qui menace ruine sur un terrain vague !*

— *C'est un bon emplacement. Les terres proches de Solvang prennent de la valeur, lui avait répondu placidement Kelsey.*

— *Le toit fuit comme une passoire, toutes les fenêtres sont fichues et on dirait qu'une tribu de gorilles y a vécu pendant quinze ans ! Mais madame aime la cuisine et elle veut ce terrain, alors…*

— *Un toit, ça se répare et des fenêtres, ça se change ! Pourquoi est-ce que tu crois que je t'ai épousé, Rick ?*

Faussement indigné, Rick l'avait regardée, amusé.

— *Pour mon intellect ?*

— *Mauvaise réponse ! Pour ton don pour le bricolage...*

— *Tu vois un peu la femme sans cœur que j'ai épousée ! avait lancé Rick à Gage.*

— *J'ai toujours admiré le sens pratique des femmes, avait répondu Gage en souriant.*

Comme pour confirmer ses dires, Kelsey l'avait fixé d'un air intéressé.

— *Est-ce que tu t'y connais en toiture, Gage ?*

Cette conversation avait eu lieu le premier été après leur mariage. Gage l'avait passé avec eux. Libre deux mois entre deux missions, il avait consacré ses vacances à réparer leur toit. Ils étaient alors animés tous trois de cette allégresse et de ce courage de tout entreprendre propres à la jeunesse heureuse.

Kelsey posa la casserole de potage sur le feu et sortit deux grandes tasses, qu'elle remplit de café.

Gage prit sa tasse à deux mains, comme pour chasser le froid qui le pénétrait. L'espace de quelques minutes, ils restèrent silencieux. Seul le toc toc des gouttes qui tombaient encore du filtre et le bruit sourd de la pluie sur le toit troublaient le silence.

— Rick était parti pour Los Angeles, dit soudain Kelsey, en réponse à la question que Gage lui avait posée en arrivant. Un client avait demandé à le voir après les heures de bureau. Ils avaient travaillé tard et son client l'avait invité à dîner. Rick m'a téléphoné à 21 heures… Il m'a dit de ne pas l'attendre… Je suis allée me coucher. Il était 5 heures du matin quand la police a sonné. Les policiers avaient reçu un message de la patrouille qui sillonne la côte. Ils pensent que Rick a voulu éviter un animal qui traversait. Comme il pleuvait, la voiture a dérapé. A cet endroit, la route surplombe la plage et il n'y a aucune glissière de protection… La voiture est tombée et a heurté des rochers dans sa chute. Rick a été tué sur le coup.

Elle serra sa tasse si fort que Gage vit les jointures de ses doigts blanchir. Il craignit même un instant que la jeune femme ne s'évanouisse. Fixant le plateau de la table, il chercha quelque chose à dire pour la réconforter. Mais rien ne vint. Alors il lui prit affectueusement les mains.

— Chaque matin, à mon réveil, pendant quelques secondes, je me dis que j'ai fait un cauchemar, murmura Kelsey en regardant leurs deux mains jointes.

Unis dans une même chaleur et dans leur chagrin, ils restèrent ainsi un moment. Combien de temps ? Gage n'aurait su le dire. C'est le frémissement du couvercle sur la casserole qui les sortit de leurs songes.

Pendant que Gage avalait sa soupe de pois cassés — dont il n'avait, en réalité, aucune envie —, ils parlèrent à bâtons rompus de tout et de rien, comme si, tacitement, ils étaient convenus de ne plus aborder le seul sujet qui importait. Rick n'était plus là et leurs deux vies en étaient bouleversées à jamais.

Gage s'éveilla péniblement d'un sommeil agité. Il n'avait pas bien dormi, mais ce n'était pas à cause du lit. Il était habitué à dormir ailleurs que chez lui. Son métier d'ingénieur l'éloignait souvent et il pouvait dormir n'importe où, même dans des endroits où le moindre matelas représentait un luxe inouï.

Kelsey avait insisté pour qu'il prenne la chambre d'amis, comme il le faisait d'habitude. Mais *d'habitude*, c'était *avant*. La veille au soir, de sombres pensées l'avaient envahi, tenant le sommeil à distance ; des pensées qui lui rappelaient justement que plus rien n'était comme avant, que tout avait changé, depuis la dernière fois qu'il avait dormi dans cette chambre.

Il s'était assoupi peu après minuit. Un coup d'œil au réveil lui indiqua qu'il était à présent 2 heures du matin.

Allongé sur le dos, les yeux rivés au plafond, il se demanda ce qui l'avait sorti d'un sommeil si difficilement obtenu. Un bruit ? Peut-être le petit Danny s'était-il réveillé et s'agitait-il ? Peut-être avait-il besoin de quelque chose ?

Gage extirpa ses jambes de sous les draps, s'assit sur le lit et attrapa son jean qu'il avait laissé par terre. Fidèle à une bonne vieille habitude, il le secoua avant de le passer. Des années sous des climats moins hospitaliers lui avaient appris à se méfier de ces petites créatures venimeuses qui trouvaient dans les vêtements humains des lieux de villégiature tout à fait à leur goût.

Son intention était de se lever et d'aller voir l'enfant, avant qu'il ne réveille sa mère. Kelsey n'avait pas dû dormir beaucoup, ces derniers temps… Le grincement de la fermeture à glissière de son pantalon fit un bruit si incongru dans la maison redevenue calme qu'il se demanda s'il n'avait pas rêvé mais, comme il était debout, il alla voir.

Glissant sa chemise de flanelle dans son jean, il sortit de sa chambre et, à pas feutrés, se dirigea vers celle de Danny. La porte était entrouverte. Il s'avança vers le berceau de l'enfant et jeta un coup d'œil. Le bruit qui l'avait réveillé ne venait pas de là. Le petit garçon dormait avec cet abandon merveilleux de l'enfance, sur le dos, les bras écartés, les yeux fermés et la bouche légèrement ouverte.

Emu, Gage se pencha, dégagea la couverture qui s'était roulée en boule dans son dos et le recouvrit précautionneusement. Puis il ôta une mèche de cheveux de son front. Il se trouvait en Californie quand Danny était né et il avait pu le voir dès ses premières heures. Il n'oublierait jamais ce qu'il avait ressenti quand Rick lui avait demandé d'être le parrain de son nouveau-né. Un mélange de joie et de panique, si bien que son premier mouvement avait été de refuser.

— Je suis très touché, Rick, mais je ne peux pas…

— Bien sûr que si, tu peux ! avait rétorqué Rick, n'admettant pas son refus.

— Nous ne voulons personne d'autre que toi, Gage, avait renchéri la jeune maman.

Gage lui avait lancé un regard désespéré. Kelsey était assise sur le canapé, Danny dans les bras, minuscule créature encore toute fripée, emmitouflée dans un lange. « C'est ridicule, avait pensé Gage, de laisser quelqu'un d'aussi petit sortir aussi tôt de l'hôpital ! Ridicule et dangereux ! » Sans compter que la jeune femme était rentrée chez elle le lendemain de son accouchement. Il était évident que ce n'était pas bon pour elle d'être déjà debout. Pourquoi Rick n'avait-il pas insisté pour qu'ils la gardent à l'hôpital ou, à tout le moins, pour qu'elle reste couchée une semaine ou deux ? Apparemment, Rick avait perdu la tête, sinon il n'aurait jamais suggéré quelque chose d'aussi fou que cette histoire de filleul.

— Je ne peux pas, avait-il répété.

Puis il avait fixé Rick, le suppliant du regard d'en rester là. Cette demande était absurde ! Et Rick le savait bien ! Il était même l'une des rares personnes à connaître la vérité. Il devait comprendre que c'était impossible…

— Rends-toi, mon vieux ! Tu es cerné ! Tu seras le parrain de Danny, que tu le veuilles ou non…

— Il y a des gens bien plus indiqués que moi pour tenir ce rôle…

Etait-il possible que Rick ait oublié ? Qu'il ne se

rappelle pas pourquoi Gage était la dernière personne au monde à qui il devait demander d'être le parrain de son fils ?

— Alors c'est entendu..., avait tranché Kelsey avec autorité.

Elle s'était levée. Gage aurait préféré qu'elle reste assise ou même couchée. Elle se fatiguait à s'agiter comme ça.

Elle s'était approchée de lui et l'avait fixé de ses grands yeux gris qui semblaient toujours le percer à nu.

— Tiens, Gage... Voilà ton filleul...

Elle lui avait tendu le petit paquet emmailloté et Gage l'avait pris sans comprendre tout de suite ce qu'il faisait. Quand il avait voulu lui rendre le bébé, la jeune femme avait déjoué son intention en retournant s'asseoir.

Il n'eut plus alors qu'à le garder contre lui et à le bercer dans le creux de ses bras. Daniel Richard Jackson dormait avec cette expression grave qu'ont souvent les nouveau-nés, comme si la vie exigeait d'eux un maximum de concentration.

Gage avait embrassé le bébé. Cela faisait des années qu'il n'avait pas cajolé de nourrissons. Depuis... ? Il préférait oublier...

Parrain... Il serait désormais parrain de cette petite chose qui dormait dans ses bras en toute confiance. Une confiance qu'il lui faudrait mériter et entretenir, jour après jour, chaque fois que ce petit visage endormi se lèverait vers lui. « Parrain »... Le mot recouvrait toutes sortes de responsabilités. Peut-être moins qu'autrefois, mais, toutes, il les assumerait à cent pour cent. Et Rick le savait. Tout comme il savait que Gage ne pourrait pas refuser. Bon sang de bon sang, il s'était bel et bien fait piéger !

Rick avait éclaté de rire.

— Hé l'ami ! Ne sois pas si funèbre ! Je n'ai pas l'intention de passer l'arme à gauche et de te charger d'élever mon fils ! Je suis bien décidé à rester parmi vous très, très longtemps...

Pauvre Rick ! Le destin joue parfois des tours si cruels ! Aurait-il choisi de la même façon le parrain de son fils, s'il avait lu l'avenir et su qu'il ne serait pas si longtemps que cela parmi eux et que Danny aurait besoin, très tôt dans sa vie, de quelqu'un qui ne se contente pas de lui offrir un cadeau pour ses anniversaires et une petite tape sur la tête en marque d'affection ?

— Bon sang, Rick, tu aurais dû penser à tout ça ! murmura Gage en regardant l'enfant dormir. Tu savais mieux que quiconque que j'étais le pire des choix. Pourquoi n'as-tu pas cherché quelqu'un d'autre ?

Question sans réponse, bien sûr.

Soudain, Gage tendit l'oreille : le petit bruit qui l'avait réveillé venait de se répéter. Cette fois-ci, il l'identifia correctement. Il jeta un dernier coup d'œil à Danny et quitta la chambre en tirant doucement la porte derrière lui. Un instant, il hésita dans le couloir. Peut-être ferait-il mieux de faire celui qui n'avait rien entendu et de retourner se coucher ?

La pensée l'effleura, mais il ne pouvait pas ignorer les sanglots de Kelsey, faire comme s'il n'avait rien entendu. Priant le ciel de ne pas faire fausse route, il se dirigea vers le salon d'où venaient les pleurs.

La pièce était plongée dans le noir. Gage s'arrêta sur le seuil et cligna des yeux pour accommoder sa vision. Il distingua bientôt la silhouette de la jeune femme. Elle était assise dans un angle du canapé, repliée sur elle-même, les bras autour des genoux, le visage enfoui dans la flanelle de sa robe de chambre bleue, comme si elle avait voulu étouffer le bruit de ses pleurs.

— Kelsey ? appela-t-il doucement.

Elle sursauta et releva vivement la tête.

— Gage ! Je ne t'ai pas réveillé au moins ? Je suis navrée…

— Non, tu ne m'as pas réveillé.

Il ne mentait qu'à moitié, puisqu'il dormait mal.

— Ça va ?

« Question idiote », pensa-t-il immédiatement après l'avoir formulée. Evidemment que non, ça ne pouvait pas aller…

— Non… Enfin, si… Si, ça va…

Sa respiration haletante, les sanglots qu'elle retenait avec peine disaient le contraire.

— Tu préfères peut-être que je te laisse ?

— Oui, si tu veux bien. Je ne suis pas d'une compagnie très agréable, en ce moment.

Elle se passa les mains sur le visage pour sécher ses larmes.

— Je ne suis pas venu pour que tu me distraies, tu sais…

— Je sais…

Elle renifla.

— Mais je ne veux pas imposer ma tristesse aux autres.

Elle renifla une nouvelle fois.

— C'est bête, murmura-t-elle à voix basse. Va-t'en, Gage, s'il te plaît…

— Très bien.

Comme il se tournait pour partir, il l'entendit renifler encore. Il y avait une boîte de mouchoirs en papier sur le guéridon près de la porte. Il la prit et alla la déposer près d'elle, sur le canapé.

— Tiens.

— Mer… merci.

Il la vit prendre un mouchoir et se dit qu'il devait pouvoir faire mieux pour la réconforter. Lui offrir des mouchoirs en papier, c'était dérisoire !

— Gage ?

— Oui ?

Son visage n'était pas net dans la pénombre ; il lui parut pourtant très pâle. Comme elle ne disait rien, il se demanda si elle l'avait bien appelé ou s'il avait rêvé.

— Kelsey ?

— Ne pars pas… Je… je ne… veux pas rester seule.

— Tu n'es pas seule.

Il retraversa la pièce et s'assit près d'elle. Elle se jeta alors dans ses bras avec un sanglot qui semblait provenir du tréfonds de son âme. Il la berça comme on berce un enfant, tandis qu'elle pleurait, pleurait… Aussi triste qu'elle, il se retenait pour ne pas pleurer lui aussi. Des larmes l'auraient pourtant soulagé du chagrin qui lui écrasait la poitrine.

— Ça va passer, dit-il, maladroit et rageant de ne savoir mieux la réconforter.

Elle se calma peu à peu. Après quelques minutes, sa respiration redevint régulière. S'efforçant de se contrôler, elle se blottit contre lui, épuisée par les larmes.

— J'aurais dû… l'attendre, dit-elle, cherchant ses mots.

— Comment ça ?

— Rick… Cette nuit-là, j'aurais dû l'attendre. Il m'avait dit de ne pas le faire, alors je suis allée me coucher au lieu de rester debout.

— Ça n'aurait rien changé.

— Si. Je dormais quand c'est arrivé.

Elle parlait comme un meurtrier qui avoue son crime.

— Ça n'aurait rien changé, Kelsey ! répéta-t-il.

— Je n'aurais pas dû dormir. J'aurais dû deviner que quelque chose allait arriver. Comment ai-je pu rester endormie alors que Rick…

Gage avança la main, ôta la mèche retombée sur le front de la jeune femme et termina son geste en lui caressant la joue. Pour la centième fois, il chercha désespérément des paroles réconfortantes à lui dire.

— Il n'y a que dans les livres ou au cinéma que les gens devinent qu'un être cher est en danger. Dans la réalité, ça ne fonctionne pas comme ça.

— J'aurais dû sentir, s'obstina-t-elle.

— Si Rick était là, que crois-tu qu'il te dirait ? Tu sais ce qu'il pensait du surnaturel et des perceptions extrasensorielles ?

— Il n'y croyait pas du tout. Pour lui, tout ça c'était des sornettes.

— « Si je ne peux ni voir, ni toucher, ni sentir, c'est que ça n'existe pas ! » Voilà ce qu'il disait quand on parlait de ça, tu te souviens ?

La réflexion de Gage la fit rire doucement. Encouragé par sa réaction et persuadé qu'il était sur la bonne voie, il continua :

— C'est tout juste s'il croyait en l'électricité !

Ce fut alors Kelsey qui enchaîna :

— Et pour la radio ! Rappelle-toi, la radio ! Il disait qu'il était sûr qu'il y avait un truc !

— Je ne suis pas loin de croire qu'il pensait qu'il y avait des petits bonshommes derrière l'écran de télévision !

Un franc éclat de rire de la jeune femme le récompensa de son humour.

— Je ne sais pas ce qu'il aurait pensé, si je lui avais dit que j'aurais dû deviner qu'il allait se passer quelque chose de grave.

— Il t'aurait dit : « Tu es folle », répondit Gage en souriant.

— Je pense que tu as raison… Et que lui aussi aurait eu raison.

— Pour une fois, j'aurais été d'accord avec lui à cent pour cent.

— Merci, Gage… Et excuse-moi d'avoir pleuré.

— Il n'y a aucun mal à pleurer.

Il attrapa la boîte en carton et en tira un petit paquet de mouchoirs.

— Tiens, sèche tes larmes et mouche ton nez !

En d'autres circonstances, elle n'aurait pas apprécié qu'on lui donne des ordres. Elle détestait qu'on lui dise ce qu'elle devait ou ne devait pas faire. Mais, à ce moment précis, son besoin de ne pas rester seule passait avant tout.

— C'est ici que tu dors ? lui demanda-t-il.

Il y avait un oreiller disposé contre l'accoudoir et une couverture avait glissé du siège, traînant à moitié par terre.

— Je ne peux pas dormir dans notre… dans la chambre, répondit-elle, la voix enrouée de trop avoir pleuré. J'ai essayé mais, quand je me réveille, j'ai oublié et je… je crois qu'il est là.

— Tu ne vas pas passer le reste de ta vie sur ce canapé !

— Non.

Elle n'avait pas envie qu'on évoque avec elle *le reste de sa vie*. Elle ne pouvait pas entendre ces mots-là.

— La barbe, marmonna-t-elle, pestant contre les larmes qui lui montaient aux yeux. J'avais pourtant juré que je ne pleurerais plus.

— Pleure, au contraire, lui dit Gage. Il n'y a rien de mal à ça.

— Si. Si je continue, je vais faire déborder la rivière.

— Je crois que tu en es encore loin.

— Pas si sûre, murmura-t-elle.

Elle réprima un bâillement et se dit que Gage avait peut-être envie de retourner se coucher. Mais c'était tellement réconfortant de se reposer sur lui, de ne pas avoir à faire semblant d'être forte, de ne pas être seule. Elle était tellement triste et tellement fatiguée de devoir être forte. Tellement fatiguée…

Elle finit par s'endormir contre lui, et Gage

resta immobile, de crainte de l'éveiller, à écouter sa respiration dans le noir. Elle dormait calmement, son souffle était régulier. Au bout d'un moment, il bougea pourtant, tout doucement, et la fit basculer contre l'accoudoir et le coussin, puis il se leva. Il remonta la couverture sur elle ; elle ne bougea pas. Son sommeil était profond. C'était le sommeil d'une personne épuisée.

Il la regarda, ému, puis il se décida à partir.

De retour dans sa chambre, étendu sur son lit, il resta éveillé jusqu'aux premières lueurs du jour qui filtraient à travers les rideaux.

Chapitre 2

Kelsey se réveilla au son de gazouillis charmants, entrecoupés de rires d'homme. Encore dans les brumes du sommeil, elle sourit. Elle avait dormi très tard. C'était si gentil à Rick de s'être levé et de préparer le petit déjeuner de Danny en mettant, comme d'habitude, la cuisine sens dessus dessous.

De nouveau, elle entendit un éclat de rire. La voix était plus grave et moins familière que d'habitude. Elle fronça les sourcils et essaya de se raccrocher aux bribes de son sommeil. Mais ceux-ci se dissipent toujours très vite et la réalité reprend ses droits. Ce ne pouvait pas être Rick…

Elle serra les paupières. La douleur était là. Elle la guettait, comme chaque matin depuis l'accident. Sa première réaction était toujours de la nier, de croire à un cauchemar. Puis elle l'acceptait. Elle acceptait l'évidence. Que pouvait-elle faire d'autre ? Rick n'était plus là. Il était mort, laissant un vide terrible, profond, insondable, un vide qui la faisait souffrir à se tordre entre ses draps.

Pourtant, chaque matin, en ouvrant les yeux, en reprenant pied dans cette réalité coupante, elle se disait que tout finirait par aller mieux. Elle se répétait les mots de réconfort dont tout le monde l'abreuvait. Le temps arrange tout. Et puis, elle n'était pas seule au monde : elle avait son fils.

Danny !

Ouvrant les yeux en grand, elle se redressa sur le canapé. Mon Dieu ! Comment avait-elle pu dormir si tard, alors que Rick n'était plus là ? Leur fils n'avait plus qu'elle et elle l'avait quasiment laissé seul !

Elle entendit de nouveau des rires, le gazouillis de Danny — merveilleuse insouciance de l'enfance —, et un rire plus grave, une voix d'homme.

Gage… Son cœur recouvra un rythme plus normal et Kelsey s'adossa au canapé. Danny n'était pas seul. Gage était là, il s'occupait de lui. Compte tenu des gloussements ravis qu'elle entendait, Gage devait faire des pitreries pour le plus grand amusement du petit.

Elle lissa ses cheveux, quelque peu ébouriffés par la nuit, se leva en s'étirant pour assouplir ses muscles engourdis et courut dans la cuisine. Si Gage acceptait de s'occuper encore un peu de Danny, elle pourrait prendre un long bain chaud, seule, sans son bébé et la flottille de jouets en caoutchouc qui l'accompagnait toujours dans la baignoire, un plaisir qu'elle ne s'était pas offert depuis des lustres.

Quelques minutes plus tard, comme elle lui posait la question, Gage fit gravement « non » de la tête.

— Nous n'avons pas le temps pour ce genre de futilités.

— Nous n'avons pas le temps ? s'étonna Kelsey, levant les yeux de l'assiette qu'elle avait posée devant elle. Et pourquoi donc ?

— Parce que nous avons beaucoup à faire. Danny et moi avons mis sur pied un plan de bataille, n'est-ce pas, petit bout ?

La bouche trop pleine pour pouvoir dire un mot, Danny se contenta d'un sourire au yaourt au chocolat.

— Un plan de bataille ? s'étonna Kelsey.

Elle regarda son fils puis Gage, qui s'était assis à table en face d'elle.

— Avale d'abord ton petit déjeuner. Je te raconterai ensuite.

— Je n'ai pas faim…

— Comment veux-tu que Danny comprenne l'importance d'un bon petit déjeuner, si sa mère ne montre pas l'exemple et se contente d'avaler du café ? s'énerva Gage.

— Je pense qu'il est un peu jeune pour se soucier d'alimentation et je te signale que je n'*avale* pas mon café, comme tu dis.

— O.K., bois-le, si tu préfères. Mais ce n'est pas le problème. Tu as besoin de protéines et d'hydrates de carbone pour prendre des forces. Tu dois t'occuper de toi et de lui, n'est-ce pas, mon bichon ?

— Heu… heu…

Danny, qui mélangeait allègrement yaourt et œufs brouillés, approuva bruyamment.

— Il faut que tu dises à ta mère de bien manger le matin sinon, un souffle de vent, et elle tombera comme une feuille, dit Gage en essuyant la bouche barbouillée de l'enfant.

Agacée, Kelsey lui répéta qu'elle n'avait pas faim, que depuis le départ de Rick elle avait perdu l'appétit. N'empêche, le bacon frit sentait délicieusement bon et les champignons et les oignons sautés à la poêle avec les œufs étaient appétissants. Comme Gage s'était donné du mal, elle se força.

— Allez, sers-moi, dit-elle. Ce ne serait pas courtois de ne pas faire honneur à ta préparation…

Vingt minutes plus tard, fuyant le regard sarcastique de Gage, elle repoussa son assiette vide. Il se garda de faire le moindre commentaire, mais son sourire satisfait en disait long.

— Je sais ce que tu penses, alors ne dis rien !

— J'étais certain que tu aimerais ça.

Vexée, Kelsey haussa les épaules.

— Allez, va mettre ton jean, enchaîna-t-il. On a du pain sur la planche !

Elle aurait aimé en savoir plus, mais il semblait tellement content d'entretenir le mystère qu'elle ne voulut pas lui gâcher son plaisir en posant des questions.

Pourtant, une demi-heure plus tard, quand elle comprit où il voulait en venir :

— Non, Gage. Je ne peux pas.

— Tu ne vas pas dormir toute ta vie sur ce canapé !

— Ça ne fait que quelques semaines. Ce n'est pas toute ma vie, protesta-t-elle.

— C'est déjà trop. Rick n'aurait pas voulu que tu vives comme ça. Je ne te dis pas de rayer tous tes souvenirs, je suggère juste que tu déménages dans la chambre d'amis et que tu transformes ta chambre en bureau.

Ils se trouvaient tous les deux dans le couloir, juste devant la pièce en question. Assis par terre à côté d'eux, Danny jouait avec une auto miniature qu'il faisait courir le long des rainures du parquet, comme s'il conduisait sur une autoroute.

— Non, je ne pourrai pas, répéta Kelsey, jetant un coup d'œil par la porte entrebâillée de la chambre qu'elle partageait avec Rick.

— Tu dis que tu ne peux pas dormir là et tu as déménagé toutes tes affaires dans la chambre de Danny. J'en conclus que tu ne veux même plus y mettre les pieds.

— Si, mais plus tard.

— Pourquoi te forcer ? Si je me rappelle bien, tu n'as jamais aimé cette pièce. Je t'ai toujours entendue dire que tu aimais te réveiller le soleil dans les yeux. La chambre d'amis est plein est. Tu aurais le soleil le matin au réveil. C'est ce que tu aimes, non ?

— Oui, mais Rick aimait la grande chambre.

— Parce qu'elle est au nord et qu'elle ne voit jamais le soleil. Je lui ai souvent dit qu'il devait avoir du sang de vampire dans les veines.

— Rick n'était pas du matin, dit-elle avec un pauvre sourire.

Elle jeta de nouveau un coup d'œil par la porte entrouverte.

— Je ne suis pas prête, Gage.

— Pourquoi attendre ? reprit-il, implacable.

— Ça ne fait pas longtemps, dit-elle, irritée par son insistance. J'ai besoin d'y réfléchir encore…

Sentant qu'il l'observait, elle ravala ses larmes et reporta toute son attention sur son fils. Danny jouait toujours avec ses petites autos, accompagnant leurs mouvements de bruits sourds qui se voulaient des ronflements de moteur.

— Tu sais, Kelsey, je ne suis pas venu ici pour te contrarier. Je pense simplement qu'il faut que tu mettes tout de suite en place des modifications significatives dans ta maison et des changements dans tes habitudes, pour entamer une nouvelle vie. Nous savons toi et moi que c'est ce que Rick aurait souhaité.

Il avait raison, elle le savait. Rick n'était pas de

ces personnes qui s'accrochent au passé. Pas du tout. C'était elle qui aimait les maisons anciennes, les meubles d'époque, les albums de photos, les greniers aux odeurs de renfermé. C'était elle qui aimait fouiner dans le passé pour retrouver les origines de leurs familles. Rick, lui, aurait été plus qu'heureux de vivre dans un appartement moderne, de déménager chaque année et de ne rien posséder qui ait plus de quelques mois.

« Regarder derrière soi est une perte de temps. » C'était ce qu'il avait coutume de répéter.

— Il aurait été le premier à t'encourager à aller de l'avant, dit Gage, prévoyant sa réponse.

— Dommage qu'il ne soit pas là pour le faire en direct, répliqua-t-elle sèchement.

Il y eut un silence. Kelsey avait fermé les yeux et pleurait en silence.

— Excuse-moi, dit-elle soudain. Je dis n'importe quoi…

— Tu n'as pas à t'excuser.

— Par moments, tu sais… je déteste Rick, fit-elle en soupirant. Et toi, encore plus.

Elle le toisa et vit ses yeux briller.

— Oui, tu m'agaces ! Tu es horripilant. C'est vrai, par moments, je te hais.

— Parce que je raisonne juste ? Dis-le que c'est pour ça !

Elle hésita, balbutia et finalement se tut avant d'avoir aligné une phrase cohérente. Le lâchant des yeux, elle regarda une nouvelle fois par la porte de la chambre. Il avait raison. Il était temps qu'elle secoue les miettes de son ancienne vie pour construire autre chose. Il en allait de son équilibre et du bien-être de Danny. Mais c'était si difficile... Elle avait l'impression terrible de trahir Rick. Et puis, aussi longtemps qu'il nourrirait son chagrin, l'illusion de sa présence demeurerait, aussi vaine cette attitude était-elle.

— Et toi ? Si je déménage dans la chambre d'amis, où est-ce que tu vas dormir ?

C'était son dernier argument. Il la regarda. A son air, elle comprit qu'il s'attendait à cette question et avait la parade.

— Je dormirai sur le canapé.

— Tu es trop grand ! triompha-t-elle. Tu seras très mal. Comment veux-tu que je dorme sur mes deux oreilles, si je sais que tu es mal installé ?

— Kelsey...

Il prit ses mains dans les siennes pour qu'elle cesse de les agiter nerveusement.

— J'ai déjà dormi dans des lits moins confortables que ton canapé, tu sais. Je t'assure qu'il fera très bien l'affaire.

De guerre lasse, elle abandonna la discussion. Elle n'avait plus la force ni l'envie de discutailler. Elle sentit quelque chose contre sa jambe et baissa la tête. A genoux près d'elle, Danny faisait courir une petite auto sur la couture de son jean. Elle le regarda et il lui sourit. Son petit minois était tout amour et confiance. Les semaines passées avaient été difficiles pour lui aussi. En dépit de son jeune âge, Rick lui manquait et, malgré tous les efforts qu'elle faisait pour cacher sa détresse, il percevait sûrement son désarroi. Plus que jamais, il était en symbiose avec elle.

Elle passa la main dans ses jolis cheveux blonds et les ébouriffa, essayant de faire bonne figure.

— On commence quand ?

.

— Ce n'est pas parce que je pars qu'il fallait que tu te lèves ! Je t'avais demandé de ne pas te lever !

— Si, j'y tenais...

Ils en avaient parlé la veille au soir. Gage avait été formel, il ne voulait pas qu'elle se dérange, mais Kelsey avait insisté : elle voulait absolument lui dire au revoir.

Assise à la table de la cuisine, elle tenait sa tasse de café à deux mains. Il était tôt et le soleil n'avait pas encore dardé ses premiers rayons. La maison était silencieuse. Danny dormait sûrement profondément, car, dès qu'il était debout, il n'était plus question d'espérer une seconde de calme.

Appuyé au comptoir, Gage se préparait une deuxième tasse de café. Il avait refusé qu'elle lui fasse un vrai petit déjeuner; il le prendrait dans l'avion. Il repartait pour l'Amérique du Sud achever le chantier qu'il avait déserté pour accourir vers elle à l'annonce de la mort de Rick, même si, avec l'éloignement, le décès de son ami remontait déjà à près d'un mois, lorsqu'il en avait eu connaissance.

— Tu es sûre que ça va aller? lui demanda-t-il pour la troisième fois en moins d'une demi-heure.

— Oui, ne t'inquiète pas.

« Mais ce serait plus facile, si tu restais encore un peu », pensa-t-elle.

Elle avait toujours été une femme libre et autonome ; elle avait même, à une époque, revendiqué haut et fort cette indépendance. La disparition de Rick l'avait-elle changée au point d'avoir besoin de quelqu'un à qui se raccrocher?

— J'ai mauvaise conscience de t'abandonner si tôt...

— Ça va aller, ne t'en fais pas...

Elle le dit avec tant d'assurance dans la voix qu'elle faillit se duper elle-même.

Gage n'en crut pas un mot, mais, redoutant par-dessus tout qu'elle ne s'effondre et ne l'agrippe pour qu'il reste, il se garda de le lui dire.

— Jure-moi que tu m'appelleras, si ça ne va pas ou si tu as besoin de quoi que ce soit.

— Je t'appellerai, c'est promis...

Le ton n'y était pas, cette fois.

— Je suis sérieux, insista-t-il. Si tu as besoin de moi, envoie-moi un message. Il mettra peut-être du temps à me parvenir, mais je reviendrai aussi vite que possible.

— Je sais que tu le feras.

— Ou si tu as besoin de quoi que ce soit, insista-t-il.

Il avait les yeux rivés sur elle et ne la lâchait plus du regard.

— Arrête de t'inquiéter, Gage. Je suis grande. Je peux m'occuper de Danny et de moi toute seule.

— Je sais.

Il ne semblait qu'à moitié rassuré. Ses sourcils froncés formaient une barre noire au-dessus de ses yeux bleus.

Kelsey se leva, fit le tour de la table et posa la main sur sa manche. Le muscle de son bras se contracta sous sa chemise écossaise. Gage était musclé. C'était le qualificatif qui le décrivait le mieux. Musclé et solide comme un roc. Dieu sait qu'elle avait besoin de cette force ! Avant son arrivée, elle était au fond du gouffre, submergée par le chagrin et la peur. Il lui avait insufflé sa force et, peu à peu, elle avait émergé. Il avait partagé son chagrin, tenté de balayer ses peurs et l'avait convaincue, ou presque, que la vie devait continuer, même sans Rick.

Emu par sa douleur, il l'avait bercée dans ses bras et avait même réussi à la faire rire, chose dont elle ne se croyait plus capable. Il avait réorganisé sa maison, joué avec son fils et il était parvenu à la détourner du passé. Grâce à lui, une porte sur l'avenir s'était entrouverte, qu'elle était maintenant décidée à emprunter.

— Tu vas beaucoup me manquer, reconnut-elle en le regardant droit dans les yeux.

— Ça, j'en suis sûr ! s'exclama-t-il avec un sourire moqueur. Vu la façon dont je te harcèle depuis deux semaines, le contraste ne manquera pas d'être spectaculaire !

— J'y ai pensé à plusieurs reprises. Danny t'aime beaucoup…

— C'est un gosse très attachant. Il est en avance pour son âge.

— Tu vas lui manquer, à lui aussi.

— Je reviendrai vite, promit-il.

— Je sais. Mais un mois, ça semble un siècle quand on n'est que deux.

Voyant que sa remarque l'inquiétait, elle sourit pour dédramatiser. Elle ne voulait pas qu'il se fasse du mauvais sang pour elle.

— Je vais avoir du travail pour le reprendre en mains après ton passage ! plaisanta-t-elle. Tu l'as outrageusement gâté !

— C'est mon devoir de parrain.

Son visage s'assombrit brusquement.

— J'ai quelque chose à te demander avant de partir, Kelsey. Ce n'est pas facile. J'ai cherché des formules pour ne pas t'offenser, mais je n'ai rien trouvé. Alors, tant pis, je fonce bille en tête.

— Qu'est-ce que tu racontes ?

Pourquoi avait-il l'air si grave brusquement ?

— Voilà… Comment fais-tu… financièrement ?

Comme il l'avait craint, sa question tomba

comme un pavé dans la mare. La jeune femme rougit et sembla se replier sur elle-même.

— Tu vas me dire que ça ne me regarde pas, ajouta-t-il, sans même lui laisser le temps de répondre. Je suis sûr que tu grilles d'envie de me ficher à la porte. Moi-même, à ta place, c'est ce que je ferais ! La différence c'est qu'il se trouve que je suis le parrain de Danny et que son bien-être, maintenant, me concerne. Rick, tu le sais peut-être, m'avait demandé très sérieusement de veiller sur vous deux si, par malheur, il lui arrivait quelque chose.

— Contrairement à l'impression que j'ai pu te donner, je suis capable de me débrouiller seule…

Elle avait parlé posément, d'une voix qui ne laissait rien filtrer de ce qu'elle pensait vraiment.

Dans des circonstances normales, il n'aurait pas insisté et changé immédiatement de sujet, mais il se faisait vraiment trop de souci pour elle.

— Je sais que tu es capable de te débrouiller seule, là n'est pas la question. Ce dont je veux être sûr, c'est que tu n'es pas… fauchée.

Blessée dans son orgueil, elle se raidit puis, brusquement, pouffa de rire.

— Quel langage, Gage !

Il eut un sourire gêné.

— Le tact est ma spécialité, tu devrais le savoir ! Une de mes nombreuses spécialités !

— En effet !

Elle éclata de rire de nouveau. Comment pouvait-elle lui en vouloir de s'inquiéter pour elle ? Cela aurait été injuste.

— N'essaie pas de me donner de l'argent, je ne l'accepterai pas.

— Pourquoi pas ? Je ne suis pas milliardaire, mais je gagne bien ma vie. Je réussis même à mettre de l'argent de côté. Tu es…

Kelsey lui prit le bras.

— N'insiste pas, je n'accepterai pas.

— Si tu as besoin…

Elle hocha la tête en signe de dénégation. Elle n'avait pas grand-chose à la banque, elle le savait, mais il y avait des compromissions inacceptables.

— Non, dit-elle avec fermeté. C'est gentil de me le proposer, mais je n'ai pas besoin d'argent, Gage.

— Puisque tu le dis…

Il n'avait pas l'air content, mais elle ne changerait pas d'avis pour lui plaire.

— C'est certain, prédendit-elle. Maintenant,

tu ferais mieux de partir ou tu vas rater ton avion.

Il jeta un coup d'œil à la pendule accrochée au-dessus de la porte de la cuisine.

— Tu as raison.

Il finit son café et grimaça. Il était presque froid.

Kelsey le suivit jusqu'à l'entrée, la gorge nouée. En prenant son bagage, il se tourna vers elle et la regarda avec une expression indéfinissable.

— Si tu as besoin de quelque chose..., recommença-t-il.

— Tu seras le premier prévenu, le coupa-t-elle.

— Je te l'ai déjà dit?

— Mille fois au moins.

— Tu exagères. Pas plus de huit cents fois.

Elle esquissa un sourire.

— Huit cent cinquante.

— Alors, c'est la huit cent cinquante et unième. Appelle-moi si tu as besoin de moi et j'arriverai ventre à terre.

Debout l'un devant l'autre, ils se regardèrent, détestant l'idée de devoir se quitter. Kelsey fit le premier pas. Elle passa ses bras autour du torse de Gage et plaqua la joue contre sa poitrine.

A son tour, il l'enlaça pour mieux la serrer contre lui.

— Jure-moi que ça va aller, la supplia-t-il.

Incapable d'émettre un son, elle se contenta de hocher la tête.

Une part d'elle-même croyait qu'elle irait bien, mais l'autre part, celle de la petite fille effrayée, était terrifiée à l'idée de le voir partir, de devoir rester seule avec ses souvenirs.

Au prix d'un gros effort, elle s'écarta de lui.

— Va-t'en, dit-elle d'une voix ferme.

— N'oublie pas…

— Je n'oublierai pas, dit-elle, agitant les mains pour le chasser. Va-t'en, je déteste les au revoir qui n'en finissent pas.

— Tu peux appeler Cole, aussi…

— Je sais, je sais. Merci.

Elle passa devant lui pour lui ouvrir la porte.

— Allez, sors.

Gage rit.

— Tu as le numéro du bureau central de ma société, dit-il en passant devant elle.

— J'ai plus de numéros de téléphone qu'un annuaire, répondit-elle en riant.

— Je devrais peut-être te le redonner au cas où…

— Tu devrais surtout t'en aller avant que je t'étrangle !

— Si tu deviens méchante, alors…

Il fit une mimique, à mi-chemin entre la moue et la grimace, et sortit sur la terrasse.

— Si tu me dis encore une fois de t'appeler si j'ai besoin de quelque chose, ou si tu me répètes que tu vas me redonner ton numéro de téléphone, je te préviens : je mords !

— En ce cas, il vaut mieux que je m'en aille, car je sens que je ne vais pas pouvoir m'empêcher de te donner le numéro de…

— Au revoir, Gage !

Elle referma la porte sur lui en riant, mais son rire s'estompa quand elle entendit ses pas s'éloigner.

Les yeux fermés, elle s'adossa à la porte et écouta. La portière de la voiture claqua, elle entendit le moteur démarrer et frissonna.

L'auto prit de la vitesse, puis elle n'entendit plus rien. Voilà… Il était parti. De nouveau, elle se retrouvait seule.

Chapitre 3

Trois ans plus tard

— Maman ! Maman !

A quatre pattes dans une plate-bande, Kelsey cueillait des petits pois qu'elle mettait dans le panier d'osier posé à côté d'elle. A l'appel de son fils, elle se leva et, la main en visière au-dessus des yeux, elle regarda par-dessus la palissade. Le petit garçon accourait vers elle. Elle lui fit un signe.

— Je suis là, mon bébé. Qu'est-ce qu'il y a ?

« Bébé » n'était vraiment plus le terme approprié. Encore quelques semaines et Danny fêterait ses cinq ans. A l'automne prochain, il ferait son entrée à l'école. Incroyable comme les années avaient défilé ! La pensée folle que, si elle réussissait à le faire tenir en place une seconde, elle le verrait grandir lui passa par la tête. Idiotie qu'elle chassa aussitôt.

Danny stoppa net devant elle, tout excité comme d'habitude. Rester tranquille, il ne connaissait pas…

— Oncle Gage !

Kelsey jeta un coup d'œil du côté de la maison, s'attendant presque à voir apparaître la grande silhouette du parrain de l'enfant. Mais il n'y avait personne, rien en dehors des plates-bandes…

— Il a téléphoné ?

— Il vient !

Danny se balançait d'avant en arrière dans ses baskets rouges.

— Il n'est pas venu à Noël, fit-elle pour elle-même, encore triste à la pensée qu'il n'avait pu célébrer cette fête avec eux.

— On a quand même eu son *cradeau*…

— Son cadeau, rectifia-t-elle.

— Il va venir avec d'autres *cradeaux*, tu crois ? poursuivit l'enfant, faisant fi de la remarque de sa mère. On va encore faire Noël, alors, même si c'est plus la date ?

— C'est une idée ! Je suis sûre que ça plaira à Oncle Gage.

Elle ébouriffa avec tendresse la petite tête blonde qui la regardait.

— Est-ce que tu te souviens de quand il a dit qu'il arriverait ?

Danny plissa son petit nez et réfléchit.

— Jeudi !

On était lundi. Elle avait donc trois jours devant elle. Cela lui laissait le temps de préparer la chambre, faire le lit, mettre des fleurs, bien aérer.

— Danny !

Susan McCallister, une jeune voisine de Kelsey, apparut sur la terrasse. Elle venait tous les jours après l'école s'occuper de Danny pendant deux heures. Kelsey avait été soulagée qu'elle accepte aussi de faire du baby-sitting pendant les vacances de Noël. Cela lui avait permis de continuer à s'occuper du potager. Elle adorait son fils, mais elle tirait du jardin la plus grande partie de leur alimentation, et vendait le surplus à des restaurants du pays. C'était là le principal de ses revenus.

— Va vite, mon chéri… Susan t'a préparé ton goûter…

— Des gâteaux ! Des gâteaux !

Faisant aussitôt demi-tour, il se précipita vers la maison.

Kelsey le regarda courir, grimper les marches deux à deux et se ruer à l'intérieur comme s'il avait craint que les gâteaux ne se volatilisent avant son arrivée.

Sidérée par l'énergie de son petit garçon, la jeune femme s'agenouilla de nouveau et reprit son travail. Elle avait promis de livrer ses petits pois au restaurant de Santa Barbara avant 4 heures de l'après-midi, de sorte qu'ils puissent les proposer au menu du dîner. Avec des gestes automatiques, elle poursuivit sa cueillette, mais ses pensées étaient ailleurs.

Elle avait travaillé dur pendant les deux années qui venaient de s'écouler. Elle avait mis le même soin à fidéliser sa clientèle et à trouver de nouveaux débouchés pour sa production qu'à cultiver ses légumes qu'elle garantissait bio. Elle n'avait pas vraiment eu le choix, en fait. Il lui fallait gagner sa vie, tout en souhaitant rester à la maison pour s'occuper elle-même de l'éducation de son fils. Un souhait et une nécessité apparemment inconciliables. Elle y avait longuement réfléchi, puis elle s'était dit qu'elle pourrait mettre à profit son goût pour le jardinage afin d'en faire un métier. Et cela avait marché. Au-delà même de ses espérances ! Les revenus qu'elle tirait de cette activité leur permettaient de vivre, Danny et elle. Sans excès toutefois. Ajouté à cela l'argent que lui donnait

Gage pour sa chambre, elle réussissait à joindre les deux bouts. Et même, certains mois, à être un peu plus à l'aise, financièrement.

A la pensée de l'arrangement qu'elle avait conclu avec Gage, elle eut une moue chagrine. Cela faisait deux ans que durait cette organisation, mais elle ne s'y faisait pas. Elle avait la pénible impression qu'il lui faisait la charité. Il avait beau jurer ses grands dieux que c'était faux, c'était pourtant ce qu'elle ressentait. Un loyer! Comme si Gage devait verser un loyer pour occuper une chambre chez elle!

Enervée, elle arracha une cosse un peu brutalement au risque d'abîmer tout le plan et s'injuria tout haut. Elle inspira pour se calmer et cueillit une autre cosse, doucement cette fois.

Gage était revenu chez elle six mois après son premier séjour, lors du décès de Rick. Elle ne lui avait rien dit, mais il avait subodoré qu'elle était juste, financièrement. Elle avait revendu sa voiture, presque neuve, pour en acheter une autre, beaucoup plus vieille, prétextant qu'ainsi elle risquait moins de se la faire voler. Elle avait bien vu qu'il n'en croyait pas un mot.

La vérité, c'était que Rick ne lui avait pas laissé grand-chose, pas de portefeuille-titres, pas d'assurance-vie. Il n'était pas un homme prévoyant. Mais qui, à son âge, pense qu'il peut mourir bientôt ?

Kelsey soupira et s'assit sur les talons. La plate-bande de petits pois semblait se perdre à l'horizon. La cueillette n'en finissait pas ! Elle se sentait très vieille et avait l'impression d'avoir pris cent ans en trois ans. Il fallait être passée par là pour savoir que se retrouver veuve et sans le sou avec un enfant en bas âge vous vieillit prématurément. La leçon était dure, mais elle savait maintenant qu'une vie peut être rayée d'un simple coup de volant et que rien n'est jamais acquis.

Gage connaissait suffisamment Rick pour se douter de la situation dans laquelle elle se trouvait. C'était sûrement pour cela qu'il avait décidé de lui louer une chambre.

— J'aimerais avoir un endroit où je puisse m'installer quand je reviens au pays, mais je n'y reviens pas assez régulièrement pour prendre un appartement. Ce serait déraisonnable. En revanche, j'ai pensé à une chose, Kelsey : tu pourrais peut-être me louer une de tes chambres ?

— Te louer une chambre ? avait-elle répondu, un

peu humiliée. Et pourquoi donc ? Tu es un invité permanent chez moi, Gage ! Tu le sais…

— Tu es très gentille, mais je me sentirais plus à l'aise si je louais. Autrement, j'aurais l'impression de profiter de toi.

— Ne dis pas de bêtises !

Elle avait posé les cisailles avec lesquelles elle taillait une bougainvillée un peu envahissante et s'était tournée vers lui. Il avait reposé le marteau — il était en train de consolider certaines planches de la terrasse — et l'avait regardée.

— Tu fais partie de la famille, Gage. Danny et moi adorons quand tu es là…

Elle avait fait un signe de tête en direction de son fils, qui s'était emparé d'un marteau en plastique et s'apprêtait à taper sur une planche, pour faire « comme Oncle Gage ».

— C'est gentil de me dire ça, Kelsey, mais franchement, je me sentirais plus à l'aise si tu me laissais participer aux frais quand je suis là. Je me suis renseigné. Je sais ce que vaut une chambre dans le coin.

Il avait annoncé un chiffre qui l'avait laissée éberluée.

— Tu plaisantes ? Tu ne penses quand même pas que je vais accepter un loyer pareil !

— C'est le prix, avait-il insisté.

— Pour où ? Pour Beverly Hills ? De toute manière, peu importe, avait-elle ajouté très vite, je ne veux pas d'argent de toi.

Il s'était tu. Elle avait cru que la discussion était close, mais c'était sous-estimer son entêtement.

— Dommage, avait-il dit doucement. J'espérais qu'on pourrait se mettre d'accord. Ce n'est pas grave ! Je vais téléphoner à ma mère et lui demander si je peux m'installer chez elle.

— Tu veux dire que tu ne viendras plus chez nous, si je n'accepte pas de loyer ?

— Non, ça me gênerait trop, je te l'ai dit…

Il avait l'air aussi contrarié qu'elle était incrédule.

— Je sais pourquoi tu me proposes ça, avait-elle dit, une pointe d'amertume dans la voix. Tu crois que j'ai besoin d'argent, alors tu as imaginé ce stratagème pour m'en donner sans me vexer.

Gage avait haussé les sourcils, découvrant ses beaux yeux bleus.

— Tu m'as dit que tu n'en avais pas besoin. Je te crois.

Elle avait menti et il le savait.

— D'autre part, tu m'avais promis de me dire si tu avais besoin de quoi que ce soit. Or, tu ne t'es pas manifestée…

Déchirée entre l'envie de crier et l'envie de pleurer, état qu'elle connaissait par cœur depuis des mois,

Kelsey s'était mise à trembler. C'était démoralisant ! Quand elle croyait avoir recouvré son équilibre, un événement survenait qui la mettait par terre et lui montrait l'étendue de sa fragilité.

— Je ne veux pas que tu me paies de loyer. Point.

— Je ne me sentirais pas à l'aise autrement, avait-il répété d'un ton ferme.

Ils s'étaient tu. Danny, qui avait décidé de reconstruire la terrasse, s'en donnait à cœur joie avec son marteau rouge. Il tenait dans la main une vis en plastique jaune et essayait de la planter dans le bois.

Kelsey était piégée et elle le savait. Elle connaissait suffisamment Gage pour savoir qu'il ne renoncerait pas. Quel choix lui restait-il ? Accéder à sa demande et accepter le loyer proposé, ce qui revenait à accepter qu'il l'aide, ou camper sur son orgueil et le laisser s'installer chez sa mère chaque fois qu'il reviendrait. Ce qui signifierait qu'elle ne le verrait plus.

Et elle voulait le voir ! Avec lui, la maison semblait moins vide, sa vie semblait moins vide, et Danny l'adorait.

— C'est trop, murmura-t-elle finalement, acceptant sans accepter.

***

Gage avait eu le bon goût de ne pas triompher. Heureusement, car elle était si gênée qu'elle aurait été capable de lui administrer une paire de gifles et de le mettre dehors.

Cet argent, elle devait le reconnaître, avait été le bienvenu, finalement. Il leur avait permis, à Danny et elle, non pas de faire des folies, mais de ne plus racler les fonds de tiroirs pour finir chaque mois.

Et puis les choses avaient évolué, durant ces deux dernières années. Son affaire de légumes bio prospérait. Elle restait tout de même fragile, car les récoltes étaient sujettes aux caprices de la nature. Prévoyante, Kelsey avait mis quelques milliers de dollars de côté, dans lesquels elle pourrait puiser si des pluies désastreuses, des gelées ou des grêlons — deux hypothèses peu vraisemblables dans une région où la température n'était jamais descendue en dessous de zéro degré depuis des lustres — venaient à détruire sa récolte.

Elle se leva, épousseta ses genoux et se pencha pour attraper son panier de petits pois. Il faudrait qu'elle parle à Gage quand il serait là et qu'elle lui dise qu'il n'était plus nécessaire, à présent, qu'il lui paie ce loyer.

Jeudi... Elle se réjouissait d'avance de le voir. La vie reprenait ses couleurs quand il était là.

Un bruit la tira brusquement du sommeil. Elle ouvrit grand les yeux. Il faisait encore nuit. Qu'est-ce que c'était ? Un grattement ?

Les sens en alerte, elle tendit l'oreille. Non, ce n'était pas un grattement ; c'était un craquement. Un bruit qu'elle connaissait bien, mais qui lui fit peur pourtant. Ça venait du salon. Le parquet faisait ce bruit-là quand on marchait sur les lattes près du canapé.

Danny ! Coups de pied dans les couvertures, battements de mains dans l'air : elle bondit de son lit et, dans le mouvement, saisit la batte de base-ball cachée dessous. Puis elle courut dans le couloir, vers la chambre de son fils. « Ce n'est sans doute rien », se dit-elle pour se rassurer. « La maison est ancienne, c'est normal qu'elle craque de partout... » Toutes les vieilles bâtisses faisaient ça. Il n'y avait pas de quoi paniquer. N'empêche, elle n'en menait pas large.

La chambre de Danny était entrouverte. Dans la pénombre, elle distingua son petit corps en travers du lit, les couvertures en boule à ses pieds, comme d'habitude. Lui, en tout cas, n'avait rien entendu. Il dormait profondément. Il était ce qu'on appelle « un gros dormeur ». Même une explosion à dix centimètres de son oreille ne l'aurait pas réveillé !

Subitement, un nouveau bruit, plus étouffé, qui lui sembla provenir de la terrasse, la glaça de terreur. Tout doucement, elle referma la porte de la chambre, pour que son fils au moins ne coure aucun danger. Si danger il y avait, ce qui n'était pas certain… Ça devait être plus vraisemblablement un animal, un raton-laveur, peut-être, qui avait sauté sur l'auvent de la terrasse, ou un sconse, à l'affût de quelques restes à grignoter, qui avait heurté un pot de fleurs.

En dépit de ses efforts pour se rassurer, la panique la gagnait. S'armant de courage malgré tout — il fallait qu'elle protège son fils —, elle longea le couloir du salon. Elle n'avait aucune raison d'avoir peur ! Elle avait fermé la porte d'entrée à double tour avant d'aller se coucher. Et puis les cambrioleurs ne pullulaient pas dans le coin. Oui, c'était sûrement une bête…

Tout doucement, elle passa la tête par la porte du salon et sursauta. Devant elle, il y avait un dos. Un dos d'homme. Immense.

Elle crut un instant que son cœur s'arrêtait de battre, puis elle le sentit cogner ensuite tellement fort contre ses côtes que l'intrus devait l'entendre.

« Tu es folle ! » se dit-elle. « Tu vas impressionner qui avec ta batte de base-ball ? Tu te prends pour Rambo ? »

C'était police-secours qu'elle aurait dû appeler de sa chambre, tout de suite, au lieu de jouer les héroïnes en chemise de nuit.

Elle recula d'un pas. Il y avait un téléphone dans la cuisine...

Mais l'idée lui vint trop tard. Elle fit du bruit en battant en retraite, et l'homme se retourna d'un bloc.

Alors, réagissant au quart de tour, elle prit son élan et lui donna de toutes ses forces un coup de batte. Au grognement, elle sut qu'elle l'avait touché, mais la rapidité avec laquelle il bougea lui fit comprendre qu'elle ne lui avait pas porté un coup fatal. Pas même handicapant.

Elle jeta la batte sur lui et prit ses jambes à son cou. Mais l'intrus était plus rapide qu'elle. A peine eut-elle fait deux mètres qu'il la rattrapa, lui saisit le poignet — elle voulut crier mais aucun son ne sortit de sa gorge — et la fit pivoter sur elle-même. Elle sentit alors un mur de muscles, plus dur que du béton, l'écraser.

Il était trop grand, trop fort. Il n'allait faire qu'une bouchée d'elle !

La pensée que son fils dormait comme un ange quelques mètres plus loin la dopa. Une décharge d'adrénaline lui donna le coup de fouet nécessaire pour rassembler ses forces. Arc-boutée contre l'homme, elle prit son élan. Elle allait se battre. Pour elle. Pour Danny. Comme un lion.

C'est alors qu'elle entendit son nom.

— Kelsey… C'est moi. Gage…

— Gage ?

Ahurie, elle essaya de distinguer son visage dans le noir et voulut dire quelque chose. Mais, avec son cœur qui battait fort et la peur qui lui avait noué la gorge, elle n'émit qu'un faible couac.

— Oui, c'est moi, Kelsey…

Il trouva un interrupteur et alluma.

— Toi !

L'effet de l'adrénaline retomba d'un coup. Elle resta quelque peu étourdie, chancelant sur ses jambes. Il la prit par la taille pour la soutenir.

Comme pour s'assurer que c'était bien lui, elle palpa ses épaules, ses bras.

— Aïe !

— Qu'est-ce que tu as ?

— La batte, dit-il. Je l'ai reçue là… Sur le bras…

Ignorant sa plainte, elle se serra très fort contre lui, creusant presque un trou dans sa poitrine, pour y enfouir son visage.

— Mon Dieu ! C'est toi !

— J'ai dit quelque chose qu'il ne fallait pas, pour que tu me réserves cet accueil ?

Elle voulut rire, mais sa voix tremblait.

— J'ai cru que c'était quelqu'un d'autre.

— Qui donc ? Je sais bien que ça fait plusieurs mois que je suis absent, mais les mœurs ont changé à ce point dans ce pays, qu'on accueille maintenant les visiteurs à coups de batte de base-ball ?

Elle eut un petit rire étranglé, mais il y avait dans sa voix des relents de peur.

— J'ai cru que j'avais affaire à un tueur, dit-elle, plaisantant seulement à moitié. A vrai dire, j'ai été réveillée par un bruit et j'ai pensé que c'était peut-être un raton-laveur ou un sconse.

— Je vois… Et tu avais l'intention de les matraquer…

Il donna un coup de pied dans la batte.

— Oui… non… enfin… je ne sais pas trop ce que j'avais l'intention de faire.

— Il fallait appeler la police, Kelsey. 911, tu ne connais pas le numéro ?

— Si, mais j'ai pensé que ce n'était rien. Je me serais sentie idiote si j'avais dérangé les policiers pour des prunes. Tu imagines ! S'ils étaient venus et n'avaient trouvé qu'un sconse en maraude...

— Il valait mieux que ce soit un sconse qu'un tueur fou !

— D'accord, d'accord, j'ai été stupide.

Elle était trop soulagée pour s'irriter de ses sarcasmes. De plus il avait raison. Elle aurait dû, effectivement, appeler la police.

— Bref, conclut-elle, je suis contente que ce soit toi.

— Moi aussi...

Il la serra plus fort — la sentit frissonner dans ses bras — et posa la joue sur ses cheveux. C'était des fils de soie. Lui aussi tremblait un peu. Pour commencer, il avait été accueilli à coups de batte de base-ball, puis il avait appris qu'elle avait craint la présence d'un rôdeur. S'il lui était arrivé malheur...

Elle changea de pied et, ce faisant, se frotta contre lui. Il la serra de plus belle. C'était bon de la tenir dans ses bras, d'autant qu'elle était toute tiède et douce et souple et adorable dans sa chemise de nuit. Une chemise de nuit tout à fait décente, en pilou, qui lui arrivait aux genoux mais qui n'empêchait pas la chaleur de son corps de se communiquer à lui. Ses cheveux sentaient bon les fleurs. Son shampooing sans doute. Elle était la féminité incarnée, toute de courbes et de tendresse. Tout le contraire de lui, qui n'était qu'angles et dureté comme s'il avait été taillé au burin.

La main qu'il avait posée sur sa taille remonta le long de son dos. Kelsey sentait parfaitement chacun de ses doigts sur sa peau et se dit brusquement que sa chemise de nuit offrait un rempart bien mince entre eux ! Et puis elle entendait son cœur battre sous sa joue. Elle avait même l'impression de le sentir. C'était très intime et très troublant.

Il y avait aussi son parfum, enivrant, son eau de toilette, sûrement, mêlé à l'odeur de son corps. Instinctivement, elle eut envie d'entrouvrir sa chemise et d'y enfouir le nez pour le sentir mieux…

Qu'est-ce qu'il lui arrivait ? Elle devenait folle ou quoi ? Elle se sentit rougir violemment. Heureusement qu'il ne pouvait pas la voir !

A cet instant, Gage s'écarta d'elle.

Ils se regardèrent en silence pendant quelques

secondes, tendus, troublés. Elle recula d'un pas. Lui aussi.

— Tu arrives tôt, fit-elle, cherchant quelque chose à dire pour faire retomber la tension.

— Non, en fait je suis en retard.

Il se passa la main dans les cheveux. Les courbes qu'il devinait sous les plis de la chemise de nuit de Kelsey le rendaient nerveux.

— J'avais dit à Danny que j'arriverais mardi soir. On est mercredi matin.

Il lui montra la pendule accrochée au mur.

— J'aurais dû arriver plus tôt, mais mon avion a eu du retard.

— Il a compris jeudi. Il s'emmêle encore un peu dans les jours de la semaine.

Elle rit, un rire un peu forcé et, tout d'un coup, elle eut l'impression qu'elle était indécente. C'était ridicule ! Sa chemise de nuit était à peu près aussi sexy qu'un habit de nonne.

Elle s'enquit de l'état de son bras.

— Je pense pouvoir m'en remettre.

Si elle l'avait frappé à l'estomac, il serait sans doute encore à terre, en train de se tordre de douleur.

— Je suis désolée. Je pensais que tu étais…

— Un tueur, je sais…

Cela aurait pu être le cas, et cette idée le glaça.

— Il me reste du jambon de Virginie. Et du gâteau au chocolat. Ça te dit ?

— Tu nourris tous les tueurs qui viennent frapper chez toi, maintenant ?

— Seulement ceux que je connais depuis longtemps.

Elle passa la main dans ses cheveux en bataille pour les lisser.

— Donne-moi une seconde, je vais me coiffer. Je te préparerai ensuite quelque chose à manger.

Gage la regarda s'éloigner. Elle avait une démarche élégante, un balancement des hanches discret… et pourtant suggestif.

— Décalage horaire, murmura-t-il.

Ça ne pouvait être que cela, ce trouble qui l'envahissait. Du moins l'espérait-il.

Chapitre 4

— Je ne resterai pas longtemps cette fois, annonça Gage, entre deux bouchées de sandwich au jambon. Une semaine, c'est tout…

Il manquait du personnel dans sa société et il avait eu du mal à prendre huit jours de congé, mais il tenait absolument à venir passer une partie des fêtes de fin d'année avec eux.

Kelsey était fille unique. Ses parents l'avaient eue assez tard. Elle les aimait beaucoup et cet amour était réciproque. Cependant, quarante ans, c'était trop d'écart entre eux pour se comprendre et établir une véritable relation de proximité. La différence entre sa famille et celle de Gage la peinait d'autant plus. Les quatre frères Walker s'entendaient comme des larrons en foire. Elle enviait leur complicité. Gage les lui avait tous présentés, mais Cole était celui qu'elle avait le plus fréquenté et avec lequel elle s'entendait le mieux. Rick aussi était fils unique mais, contrairement à Kelsey, ne pas avoir de frères et sœurs ne lui avait jamais pesé.

— *Tu plaisantes ou quoi ? Quand tu es enfant unique, tes parents ne s'occupent que de toi. Il faudrait être fou pour vouloir partager ça avec d'autres !*

Se souvenant de l'air convaincu de Rick quand il lui disait cela, elle sourit.

— Tu souris aux gâteaux, maintenant ? lui demanda Gage, la sortant de sa rêverie.

— Oh !

Elle plaqua la main sur sa bouche et le regarda de ses beaux yeux gris.

— Excuse-moi… Je repensais à Rick… Il disait toujours que c'était formidable d'être enfant unique, parce qu'on n'avait pas à partager l'attention de ses parents avec des frères et sœurs.

— Je m'en souviens parfaitement. Nous en avons parlé ensemble à plusieurs reprises. Je crois qu'il me soupçonnait de vouloir me débarrasser d'un ou deux de mes frères !

Kelsey éclata de rire.

— Peut-être. Moi, en tout cas, je regrette de ne pas avoir eu de sœur avec qui j'aurais pu jouer à la poupée. Plus tard, on aurait eu plein de choses à se raconter… Mais bon, c'est comme ça !

Elle soupira.

— Ça n'aurait pas été mal non plus d'avoir un frère. Un de ces grands frères formidables, qui protègent leurs petites sœurs dans les cours de récréation et ramènent leurs copains à la maison. Des copains beaux et charmants, évidemment. Tu vois ce que je veux dire…

— Oui, mais ça, c'est un mythe. J'ai deux frères plus âgés que moi. C'était sympathique et enquiquinant à la fois parce qu'ils étaient aussi bien capables de se mêler de mes affaires, alors que ça ne les regardait pas, que de me défendre le cas échéant. Quant à leurs copains, ils les gardaient jalousement pour eux.

— Ça aurait été différent si tu avais été une fille. Tu peux être sûr que les copains se seraient manifestés !

— Peut-être…

Il avala la dernière bouchée de son gâteau.

— Et peut-être que mes frangins m'auraient laissé tranquille…

De nouveau, Kelsey éclata de rire.

— Ou l'inverse !

Nouvel éclat de rire.

— Tu es vraiment idiot !

— Je te remercie !

La conversation retomba et le silence s'installa. Le genre de silence qui n'est possible et confortable qu'entre deux personnes qui se connaissent bien et ne se croient pas obligées de parler à tout prix.

— Comment est-ce que tu vas, Kelsey ? demanda soudain Gage, gravement.

Surprise par la question, la jeune femme le fixa d'abord sans répondre, comme si elle n'avait pas compris. Puis, gênée, elle cligna des yeux et détourna le regard.

— A part le fait de poursuivre des tueurs avec une batte de base-ball au milieu de la nuit, tu veux dire ?

Son ton badin l'étonna elle-même. Elle nota qu'elle l'avait fait sourire.

— Oui, à part ça.

— Bien. Très bien, même…, ajouta-t-elle, devant son air incrédule.

— C'est sûr ?

Il avait parlé d'un ton qui se voulait détaché, mais ses yeux le trahissaient. Il était patent qu'il se faisait du souci pour elle.

— En fait, même si j'allais mal, je ne te le dirais pas ! Mais je vais bien…

Elle tendit la main à travers la table et la posa sur la sienne.

— C'est la vérité, Gage…

Il agrippa son poignet.

— Ça fait presque trois ans, fit-il tout bas, regardant leurs mains jointes.

— Parfois, j'ai l'impression que ça en fait vingt. D'autres fois, que c'était hier… Il me manque toujours autant, mais je survis. Je ne sais pas comment je fais, mais, jour après jour, je réussis à exister sans lui. Et je vais bien.

Il avait les yeux posés sur elle et la regardait avec insistance, sondant son regard, l'expression de son visage, pour s'assurer qu'elle ne lui mentait pas.

Elle ne lui cachait rien. Elle avait fait la paix avec le vide que Rick avait laissé dans son cœur. Il était mort et la vie continuait sans lui. Elle aurait pu choisir de mourir avec lui. Grâce, en partie, à l'homme qui était assis en face d'elle, elle avait opté pour la vie.

— C'est bien alors, dit-il.

Il serra sa main plus fort, puis la lâcha.

— Je vais t'aider à débarrasser…

Il rassembla son assiette, son verre et ses couverts et se leva.

Ils chargèrent le lave-vaisselle ensemble, en silence. La tension qui s'était installée entre eux un peu plus tôt était retombée. Ils redevenaient deux amis tranquilles, contents de se retrouver.

Le samedi matin, Kelsey quittait habituellement la maison à l'aube pour aller faire le marché de Santa Barbara. On avait beau être la veille du jour de l'An, cela ne changeait rien à son emploi du temps. Ce que lui rapportait la vente de ses légumes bio représentait la part la plus importante de ses revenus. De plus, elle adorait l'animation du marché. C'était pour elle l'occasion de voir du monde, de discuter avec les autres maraîchers, d'échanger des informations avec eux et de bavarder avec les clients, en majorité des femmes.

En général, elle déposait Danny chez ses beaux-parents le vendredi soir et revenait le chercher le samedi après-midi. Bill et Marilyn Jackson étaient ravis de pouvoir profiter de leur seul petit-enfant, et Kelsey partait l'esprit tranquille et disponible pour s'occuper de son commerce. Chacun y trouvait son compte. Mais les parents de Rick étaient partis en croisière pour deux semaines, cette année, et la jeune Susan, qui avait accepté de faire quelques heures de baby-sitting durant les vacances, avait quand même réservé les derniers jours de l'année à sa famille.

Kelsey allait donc devoir emmener Danny avec elle. Une perspective qui ne la réjouissait pas ! Elle connaissait son fils. Elle aurait beau apporter des tonnes de jouets pour le distraire, il se lasserait vite et voudrait rentrer bien avant l'heure de fermeture du marché. La jeune femme n'avait donc pas hésité une seconde quand Gage lui avait proposé de l'accompagner pour l'aider ou surveiller Danny.

— C'est vraiment très gentil de ta part, avait-elle dit d'un ton faussement dégagé. Mais il ne faut pas que ça t'ennuie. Ne te sens pas obligé…

Assise sur la terrasse, à repenser à leur conversation, elle regardait Gage jouer au ballon avec le petit garçon. Les tirs de son fils étaient encore imprécis, et Gage courait d'un côté à l'autre de la pelouse comme un jeune chien fou, pour récupérer un ballon qui refusait toujours d'aller droit devant lui.

Il faisait dans les vingt degrés et l'allée qui menait à la maison était bordée de pensées que Kelsey avait plantées en automne. La jeune femme avait du mal à imaginer que, dans d'autres régions, les gens étaient sous la neige et la glace, se demandant s'ils reverraient un jour le printemps.

— Au marché, il y en a pour la matinée, tu sais..., dit-elle tout à coup, revenant sur leur décision de la veille. A moins que j'aie tout vendu plus tôt. Mais c'est peu probable...

— On tiendra bien la matinée, pas vrai, Danny ? demanda-t-il à l'enfant.

— Oh oui, Oncle Gage !

Ses yeux bleus brillaient de plaisir. Il était fier qu'on lui ait demandé son avis.

— J'ai peur que ce soit beaucoup exiger, Gage. Tu n'es là que pour quelques jours de vacances, je ne peux quand même pas te demander de passer toute ta matinée à surveiller mon fils. Tu as sûrement mieux à faire qu'à perdre quatre ou cinq heures au milieu de fruits et légumes...

— Tu n'exiges rien, puisque c'est moi qui te l'ai proposé, pour commencer. Et puis ça me plaît. Ça me changera des chantiers. D'abord, Danny et moi, on aime bien les fruits et les légumes. Pas vrai, bonhomme ?

— Vrai, Oncle Gage !

Kelsey les regarda tour à tour, à la fois heureuse et dubitative.

— Non, je ne peux pas accepter. C'est vraiment trop te demander...

— Tu as raison.

Il s'élança sur le ballon qui venait de rebondir à deux mètres de lui et regarda la jeune femme d'un air ironique.

— C'est un travail énorme. Je me demande même comment on peut oser demander ça à quelqu'un ! Heureusement pour toi, je me porte volontaire pour ce sacrifice surhumain.

— Dis donc, toi ! Personne ne t'a jamais dit que les plaisanteries les plus courtes sont les meilleures et que les sarcasmes sont malséants ?

— Malséants ?

Il eut un long sifflement faussement admiratif.

— Malséants... Eh bien dis donc... Quel vocabulaire ! Tu as avalé un dictionnaire ?

— Grossiers, si tu préfères...

— Non, je ne crois pas. Je vais te faire un aveu : c'est un de mes grands succès quand je suis en société. C'est même ce qui plaît le plus en moi...

Danny ne laissa pas le temps à sa mère de répondre...

— On sera gentils, maman, lui promit-il, avec un sérieux qui la fit fondre. On ne t'ennuiera pas, juré ! Hein, Oncle Gage, qu'on n'ennuiera pas maman ?

Il tournait à présent son petit visage vers Gage avec un air très grave.

— Nous serons très raisonnables, confirma Gage en lui ébouriffant les cheveux.

Kelsey haussa les épaules. Raisonnable ? Elle n'avait jamais vu quelqu'un qui ait l'air aussi peu raisonnable que lui. Mais elle n'avait jamais vu non plus quelqu'un qui soit aussi séduisant !

Il était en jean, un jean moulant, bas sur les hanches, qu'il portait avec un T-shirt noir sur lequel était imprimé un Donald Duck bariolé. Lorsque Danny était allé visiter Disneyland avec sa mère, il avait tenu à acheter ce T-shirt pour le lui offrir pour Noël. Kelsey s'était exécutée, en riant d'avance de la tête que ferait Gage en ouvrant son paquet. Mais il avait fait très bonne figure, pour la plus grande joie de Danny, et le vêtement lui allait bien. Le noir faisait ressortir son bronzage cuivré. Il était peut-être un peu juste, mais cela mettait en valeur une musculature digne d'un athlète.

Observation qui l'amena à repenser à ce qu'elle avait ressenti quand il l'avait prise dans ses bras et serrée contre lui, écrasant sans s'en rendre compte ses seins contre son buste. Elle se rappela qu'elle avait touché ses bras et qu'elle les avait trouvés très musclés.

— Kelsey ?

Elle sursauta.

— Quelque chose ne va pas ?

Gage la regardait, l'air perplexe et le front plissé.

— Si, si... Tout va bien.

Il lui sourit. Il avait un beau sourire, malicieux, qui faisait pétiller ses yeux bleus.

— J'étais dans la lune...

Un petit mensonge qui lui mit le feu aux joues. Heureusement, il y avait de l'ombre sur la terrasse et il ne put voir qu'elle avait rougi.

— C'est ce que j'ai remarqué.

— Je me demandais s'il fallait que j'arrache un peu plus de carottes nouvelles pour demain. C'est ce que je vends le mieux au marché, en ce moment.

Ouf, pensa-t-elle, estimant qu'elle ne s'en était pas mal tirée. Il fallait maintenant que le coup de chaleur qui lui avait rosi les joues disparaisse vite et ce serait parfait.

— On a cru que c'était la perspective de nous avoir tous les deux dans les pattes qui te rendait songeuse, pas vrai, bouchon ?

— Oui, acquiesça Danny.

Accroché à la jambe de pantalon de Gage,

il le regardait avec une admiration aussi naïve que sincère.

— Tu sais, Gage… Si tu dois surveiller Danny, ce n'est peut-être pas indispensable que vous veniez au marché avec moi. Autant le garder ici… Ou aller vous promener quelque part…

Gage fit non de la tête.

— Ce sera plus drôle d'être avec toi, hein, Danny, qu'est-ce que tu en penses ?

Le petit garçon opina, mais sans conviction cette fois. Sa mère venait de lui ouvrir une perspective plus intéressante que d'attendre au milieu des légumes. Dans son assiette ou sur un étal de marché, ceux-ci n'étaient pas associés à quelque chose d'amusant dans sa tête d'enfant. Mais si Gage pensait que ce serait drôle, il voulait bien essayer.

— Marché conclu, dit Gage. Sans jeu de mot ! Tu as un baby-sitter, profites-en et n'en parlons plus. Un souci de moins pour toi…

« Ou bien un souci de plus ! » songea Kelsey, en le voyant se pencher pour prendre son fils sous son bras — son bras musclé, bronzé, son bras d'homme fort et rassurant — et traverser la pelouse avec lui comme s'il n'avait été qu'un ballon de football.

— Au revoir, maman, lança Danny qui gigotait comme un ver et riait aux éclats.

Kelsey ne répondit pas.

— Je commençais à me demander si je n'allais pas devoir lui taper sur la tête pour le faire dormir! s'écria Kelsey en entrant dans le salon.

— C'est un androïde, lui répondit Gage, sans même relever la tête.

Etendu sur le canapé, qui n'avait pas été conçu pour un homme de près d'un mètre quatre-vingt-dix, il avait la tête posée sur un accoudoir et les pieds en l'air qui dépassaient de l'autre.

— Il a dû tomber d'une autre planète. Un être humain normal se serait écroulé depuis longtemps...

— Erreur, Gage, c'est tout simplement un enfant de quatre ans et demi. Une sous-espèce du genre humain bien connue pour avoir de l'énergie à revendre.

— De l'énergie?

Il haussa les sourcils.

— Etant donné ce que j'ai vu aujourd'hui, ça va bien au-delà. Une énergie pareille doit provenir d'une source... supranaturelle. Je ne serais pas étonné qu'elle ait quelque chose à voir avec la fusion nucléaire.

— C'est ta faute, aussi, mon cher. Si tu n'avais pas suggéré qu'on aille à la plage après le marché…

— J'ai voulu lui faire plaisir ! s'indigna Gage. Je pensais qu'il aimerait ça.

— Et tu as bien pensé… Il a adoré !

— Tu crois ? Il n'a même pas jeté un coup d'œil à la mer tant il était agité et courait dans tous les sens.

— Il a quatre ans et demi… je le répète ! A cet âge-là, on a une approche de la vie différente de celle d'un adulte. On n'observe pas, on agit. On bouge, on participe.

Gage la regarda sans rien dire.

— Personne ne t'obligeait à faire comme lui. Tu n'avais qu'à t'asseoir sur le sable et le laisser se dépenser tout seul.

— Pour qu'il aille jusqu'à la barre ? Ah non ! J'aurais eu trop peur.

— Il n'a pas mis les pieds dans l'eau et il serait bien incapable de nager aussi loin.

— Qui te parle de nager ? A la vitesse à laquelle il court, il serait capable de sauter par-dessus le chenal, sans même toucher l'eau !

Devant son air horrifié, Kelsey éclata de

rire. Elle s'approcha de lui et se pencha pour ramasser les coussins du canapé qu'il avait jetés par terre.

— Tiens, mets ça sous ta nuque. Ça t'évitera de te casser le cou !

— Je suis brisé de partout, dit-il. Il n'y a pas que le cou.

Il souleva tout de même la tête et glissa le coussin dessous.

— Si tu étais aussi fatigué après la plage, pourquoi as-tu insisté pour qu'on aille manger des hamburgers et ensuite qu'on parte au cinéma ?

— Je suis son parrain. Qu'est-ce que je pouvais faire d'autre ?

L'air d'un martyr au milieu des lions, il soupira.

— Arrête ton cirque ! Tu t'es amusé autant que lui ! Le seul truc, c'est que tu ne veux pas le reconnaître. Et ne sois pas inquiet pour toi, tu n'en mourras pas.

— Je suis heureux de te l'entendre dire. Personnellement, je n'en suis pas certain.

Il ferma les yeux, offrant l'image d'un homme en proie à une grande souffrance. Mais Kelsey pouffa de rire. Aussitôt, il releva les paupières et fit mine d'être fâché.

— Tu n'es qu'une méchante femme ! Sans cœur ! C'est à toi que j'ai voulu rendre service.

— Je t'avais prévenu. Garder Danny n'est pas une sinécure.

— Tu aurais pu me prévenir que c'était un avion à réaction ! Je t'aurais écoutée, marmonna-t-il.

— Est-ce que tu veux une tasse de café pour te remettre ? proposa-t-elle, faisant semblant de le prendre en pitié.

— Avec une paille ?

Elle ne répondit pas mais sourit. Personne ne l'avait jamais autant amusée. Avec Gage, tout semblait plus léger, la vie plus palpitante et les soucis moins accablants. Elle aimait tant quand il était là...

Sans lui, qu'aurait-elle fait, ces deux dernières années ? Il avait beau travailler et vivre à des milliers de kilomètres de chez elle, elle savait qu'elle pouvait compter sur lui, qu'elle pouvait s'appuyer sur lui. C'était un homme solide, un roc.

« Dans le fond, se dit-elle en disposant les tasses sur un plateau, c'est sans doute mieux qu'il n'habite pas à proximité. » Si elle l'avait eu sous la main, elle aurait peut-être été collante, un peu comme un enfant qui s'accroche sans cesse aux jupes de sa mère. Elle aurait peut-être abusé de sa sollicitude et de son amitié. Alors que, loin de lui, elle avait appris à se débrouiller seule, tout en sachant qu'il se souciait d'elle et qu'elle pouvait faire appel à lui, en cas d'urgence. L'amitié de Gage était précieuse pour Danny et elle.

Elle disposa quelques biscuits sur une assiette et emporta le plateau dans le salon. Gage avait bougé. Il était accroupi devant la cheminée et allumait un feu avec une poignée de petit bois.

Quand il l'entendit arriver, il se tourna vers elle. La pièce n'était pas très éclairée et, par le jeu des ombres, elle crut voir un étranger. Un très bel étranger. Il se leva pour prendre le tisonnier appuyé au mur.

— Tu es encore mieux qu'un saint-bernard avec son tonnelet de cognac autour du cou, dit-il.

Il avait reposé le tisonnier et s'était avancé pour lui prendre le plateau des mains.

— Merci. C'est ce que je pense, moi aussi ! plaisanta-t-elle, pour chasser le trouble qui l'envahissait.

Malgré ses efforts pour cacher son émotion, elle avait la gorge serrée et respirait mal.

— Je crois qu'on ne m'a encore jamais

comparée à un saint-bernard. Mais je trouve ça très flatteur. Merci.

— A dire vrai, je ne savais pas qu'un saint-bernard pouvait faire la cuisine.

Il posa le plateau sur la table basse, devant le canapé, et prit un biscuit avant même de s'asseoir.

A son tour elle se laissa tomber sur le sofa et prit sa tasse.

— Ta mère ne t'a jamais dit que si tu manges trop de sucré tu vas t'abîmer les dents ?

— Si, mais je ne l'ai jamais crue.

Il avala la fin de son petit gâteau et en piocha un autre, puis il attrapa précautionneusement sa tasse de café sur la table et se cala confortablement contre le dossier du canapé.

— Je l'ai toujours soupçonnée de dire ça pour pouvoir manger tous les gâteaux à elle seule.

— Une maman ne ment jamais.

— Si ! La mienne ! s'exclama-t-il. Et non contente de nous affirmer que le sucre abîmait les dents, elle prétendait que les choux de Bruxelles étaient bons pour notre santé.

— Et tu ne la croyais pas ?

— Moi ? Non. Mais Cole oui, parce qu'il était le plus petit. Sam, Keefe et moi, on savait que c'était des mensonges. Alors, quand elle nous servait des choux de Bruxelles, on les cachait dans notre poche et on les jetait dans le jardin après le repas.

— Elle ne disait rien quand elle mettait le linge à laver ? Elle devait se demander ce qui s'était passé en voyant l'état de vos poches, non ?

— Même pas...

Il se pencha pour prendre un autre gâteau.

— La seule chose qui me faisait peur, c'était que ces maudits choux de Bruxelles ne prennent racine dans le jardin et que ma mère se demande pourquoi il en poussait parmi les rosiers !

L'image de Gage, petit garçon, bourrant ses poches de légumes la fit rire.

— Vous deviez être infernaux tous les quatre. Vous avez dû lui en faire voir de toutes les couleurs.

Rêveur, il haussa les épaules en souriant.

La conversation dévia alors vers d'autres sujets. Le métier de Gage, les projets de Kelsey pour développer son affaire. Elle avait lu des articles dans des journaux spécialisés sur de nouvelles techniques pour augmenter la productivité et elle était impatiente de les mettre en œuvre pour ses récoltes du printemps et de l'été. Elle avait également l'intention, d'ici à un an ou deux, d'implanter des serres et de se lancer dans le métier d'horticulteur pépiniériste.

La mission de Gage en Amérique du Sud tirait à sa fin. Il ne savait pas encore où il irait ensuite. Il y avait un projet dans l'air qui lui semblait intéressant, l'Afrique…

— Ça ne t'ennuie pas de voyager sans arrêt? Tu n'es pas lassé de cette vie de nomade ?

La tête penchée en arrière sur le dossier du canapé, Kelsey lui lança un regard en coulisse.

— Tu n'as jamais eu envie de te poser quelque part, de rester chez toi ?

Chez lui ? Gage eut une mimique désabusée.

Chez lui… C'était où *chez lui*? Chez sa mère à Los Olivos ? Maman Walker aurait dit que c'était là, cela ne faisait aucun doute. Pour elle, sa maison serait toujours celle de ses fils. Mais ce n'était quand même pas sa maison à lui. Enfin, ça ne l'était plus. Il n'y avait pas vécu depuis qu'il avait obtenu son baccalauréat et qu'il était parti faire ses études supérieures à l'université de Brickyard. Ensuite, il avait bourlingué, vécu un peu partout, dans des dortoirs, des appartements, des hôtels, sous la tente. Il avait même squatté des cabanes abandonnées. Mais pouvait-on appeler ces endroits un « chez soi »?

Le seul endroit qui avait peu ou prou ressemblé à un *chez soi,* pour lui, c'était ici. Dès l'instant où Kelsey et Rick avait acheté cette maison, elle était devenue presque autant la sienne que la leur. Ils l'avaient voulu ainsi. Elle lui était ouverte, il pouvait y venir aussi souvent qu'il le voulait. Il savait qu'il y serait toujours le bienvenu. Pour le jeune couple, c'était naturel qu'il s'installe chez eux quand il revenait en Amérique. Et ils avaient à cœur qu'il s'y sente à l'aise.

Un *chez soi*? Il n'en avait pas. Il avait juste la chambre qu'il occupait de temps à autre dans cette maison. Cette formule lui faisait un drôle d'effet, d'ailleurs. Il avait l'impression d'emprunter la pièce un peu comme on loue un costume pour une occasion particulière. Finalement, c'était étrange de se dire, qu'à son âge, il n'avait pas de maison à lui.

— Gage ?

Il émergea de ses pensées. Cela faisait plusieurs minutes qu'elle lui avait posé une question et il n'avait pas encore répondu.

— Heu… Oui ?

Détachant les yeux du feu, il la regarda l'air hagard, comme s'il tombait de la lune.

— Excuse-moi, je pensais à autre chose. Que disais-tu ?

— Je te demandais si tu n'étais pas las de voyager et si tu n'envisageais pas de te poser un jour.

— Je n'y pense jamais, prétendit-il. Je ne suis pas vraiment du genre famille. Métro, boulot, dodo, très peu pour moi. Je n'y peux rien, j'ai la bougeotte. J'ai le virus du voyage dans le sang.

— Tu changerais sans doute si tu tombais amoureux d'une femme au foyer, se moqua-t-elle gentiment.

— A moins que je ne m'arrange pour ne tomber amoureux que d'une romanichelle !

— Il faudrait d'abord la trouver ! Et ce genre de femmes, ça ne court pas les rues.

— Hélas ! Notre époque n'aime pas ce qui sort de la norme…

Kelsey hocha la tête en signe d'acquiescement.

Mal à l'aise dans les conversations d'ordre personnel, Gage se leva pour rompre le fil de leur discussion. Installation, mariage, famille, enfants n'étaient pas des sujets qu'il abordait volontiers. Il avait fait ses choix depuis longtemps et était en paix avec eux, sauf quand il en parlait avec Kelsey. Chaque fois, il prenait un peu plus conscience de sa solitude, mais il continuait à refuser de l'admettre. Il préférait — et de loin — se mettre la tête dans le sable.

Il était près de minuit et Kelsey se leva à son tour.

— Je vais aller me coucher. Danny sera debout à 6 eures, alors, si je veux dormir un peu…

— Après s'être dépensé comme il s'est dépensé, on pourrait penser qu'il lui faut plus d'une nuit pour récupérer.

— On recharge vite les accus à son âge.

— C'est vrai qu'on a affaire à un androïde, murmura Gage en prenant le plateau avec les deux tasses de café et l'assiette de gâteaux vide.

Le rire de la jeune femme le suivit jusque dans la cuisine.

Revenant quelques instants plus tard, il la trouva à la porte du salon. Elle avait éteint le feu dans la cheminée et remis les coussins en place sur le canapé.

— Le lave-vaisselle était plein, je l'ai mis en marche, annonça-t-il en faisant un signe de tête en direction de la cuisine d'où provenait le ronflement sourd de la machine.

— Un homme qui sait faire marcher un lave-vaisselle ! Je suis impressionnée, se moqua-t-elle.

— Madame est sexiste à ce que je comprends.

Sache que c'est complètement dépassé ! Le féminisme est une notion qui remonte aux années 70. De nos jours, les hommes ont acquis le droit de sortir des rôles qui leur étaient traditionnellement dévolus.

— Non ? Ça alors ! Je vous croyais encore tout juste bons à ouvrir les pots de cornichons.

Gage la regarda en riant et, lorsque son regard rencontra quelque chose au-dessus de la tête de la jeune femme, son sourire s'élargit.

— Je ne vais pas pouvoir résister, dit-il.

— A quoi ?

— A ça…

Elle suivit son regard, pencha la tête en arrière et aperçut le petit bouquet de feuillage accroché au-dessus de la porte. Il lui fallut quelques secondes avant de comprendre.

— Ah, le gui ! Je ne sais pas qui a mis ça là. Susan, sans doute.

— Susan ?

— La baby-sitter de Danny. Elle a dix-sept ans et respecte scrupuleusement les traditions. Ce qui m'amuse d'ailleurs, car, quand on la voit, on ne croirait pas qu'elle a le genre à ça. C'est une adepte du piercing. Elle s'est fait mettre un anneau dans le nombril l'été dernier et, depuis, hésite à s'en faire accrocher un dans le nez. Elle a peur que ça fasse trop.

— Je comprends que ce soit une décision difficile à prendre ! se moqua Gage.

— Tu n'étais pas comme ça, quand tu avais dix-sept ans ? Tu n'as jamais été déchiré entre l'appel mystique du couvent et l'envie de jouer de la guitare dans un groupe de rock ?

— Tu plaisantes ! s'exclama Gage, partagé entre l'envie de rire et l'incrédulité.

— Parole d'honneur, tout ce que je te raconte sur Susan est vrai !

— Pourquoi ne combine-t-elle pas les deux ? Elle n'a qu'à lancer l'idée de la nonne chantante. Je crois que ça a déjà été fait…

— L'Eglise a lâché du lest, mais je ne sais quand même pas si le Vatican autoriserait les anneaux dans le nez pour les religieuses !

— Ce serait vraiment faire preuve d'étroitesse d'esprit !

— Je pense que Susan serait d'accord avec toi.

— Bref, anneau dans le nez ou pas, on se doit d'honorer l'œuvre de Susan…

— Je ne te dénoncerai pas si tu y renonces…

— C'est sept années de malheur si on passe

sous le gui en faisant comme si on ne le voyait pas, dit-il sentencieusement, passant le bras derrière la taille de la jeune femme.

— Ah bon… Je croyais que c'était plutôt quand on cassait une glace.

Troublée, elle essayait de gagner quelques minutes, se cherchant une contenance. Troublé lui aussi, Gage resserra légèrement son étreinte. Il avait oublié comme elle était petite. Elle déployait une telle énergie, faisait montre en tout d'une telle détermination, qu'on ne l'imaginait pas aussi fine et délicate. La lumière, allumée dans le couloir, éclairait son visage. Une lueur étrange brillait dans ses yeux, qui trahissait une certaine gêne.

— Je suis certaine que Susan ne pensait pas qu'on prêterait attention à son gui, tenta-t-elle d'argumenter, en le regardant de ses grands yeux gris.

— Puisque tu dis qu'elle est très attachée aux traditions, elle sera contente qu'on l'ait remarqué.

Il penchait déjà la tête vers elle. « Non, Walker, lui susurra alors une petite voix intérieure. Ne fais pas ça. Tu vas le regretter… »

Mais il regretterait plus sûrement de ne pas l'avoir fait.

— Susan n'est pas un génie de la botanique, murmura Kelsey. Ce n'est même pas du gui !

— C'est l'intention qui compte.

Et sans plus attendre, il posa ses lèvres sur les siennes.

Au départ, il pensait à peine l'effleurer, l'embrasser gentiment, comme on embrasse une amie pour lui témoigner son affection. Et peut-être ne serait-il pas allé plus loin, si la bouche de la jeune femme n'avait pas cédé aussi facilement sous la sienne.

Il aurait pu arrêter, reculer, mettre un terme à ce baiser par un sourire ou par un trait d'humour, et les choses en seraient restées là.

Mais une seconde avait suffi pour que tout change. Cela s'était produit très vite, ils étaient passés du rire au désir, du sourire à la fougue. Il n'y avait pas eu de transition en douceur, pas de glissement d'une étape vers une autre. Tout avait basculé brusquement.

La serra-t-il davantage ou bien est-ce que ce fut elle qui se serra contre lui ? Força-t-il sa bouche ou entrouvrit-elle les lèvres pour l'accueillir ? Il n'aurait su le dire et qu'importe ! Ne comptaient plus que le goût de ses lèvres et la souplesse de son corps, tendu vers le sien.

Se serait-il trouvé au cœur d'un incendie qui

faisait rage, les choses n'auraient pas été différentes. Il plongea les mains dans les cheveux de Kelsey et tira son visage en arrière pour mieux l'embrasser. Sa langue se faufila, exigeante, curieuse, avide, et reçut la réponse qu'elle demandait.

A son tour, Kelsey empoigna les cheveux de Gage et poussa un faible gémissement, qu'il aurait pu interpréter comme une protestation, si son corps tout entier n'avait été tendu vers lui.

Cela faisait si longtemps… Il mordilla ses lèvres, les happa. Mon Dieu, cela faisait si longtemps ! Si longtemps qu'il espérait cet instant. Si longtemps qu'il en avait rêvé. Elle était exactement comme il l'avait pensé. Leurs deux corps s'emboîtaient à la perfection, comme s'ils avaient été conçus pour se trouver et ne plus former qu'un.

Kelsey se plaqua plus étroitement contre lui. Il sentait le café et les petits gâteaux. Il sentait aussi le bois sec, la fumée, l'eau de Cologne et l'homme. Il n'était que muscles et ardeur.

Elle eut envie de se perdre dans sa chaleur, sans plus se poser aucune question, sans plus penser à rien. C'était tellement bon, ces bras qui la tenaient, ces baisers… C'était si merveilleux de ne plus être seule… Elle était restée si longtemps privée de chaleur et sans vie…

Gage glissa la main sous son pull et caressa

lentement son dos. Il avait la main si large qu'elle le couvrait presque entièrement. Elle était chaude et douce. Que c'était bon ! Une vague de désir la fit frissonner. Effrayée, elle s'écarta de lui brusquement.

C'était fou, il ne fallait pas.

Il ne fallait vraiment pas.

Aussi délectable que ce soit, c'était impossible. C'était... mal...

Gage ferma les yeux et baissa la tête.

En lui aussi, cette pensée s'insinua : c'était mal. Il essaya de se persuader du contraire, en vain. C'était mal parce que Kelsey était la femme de Rick. Et que Rick était son meilleur ami.

« Qu'est-ce que tu fabriques ? se répétait-il. Ce n'est pas ta femme, c'est la femme d'un autre ! La femme de Rick. La femme de Rick... »

Comme elle plaquait les deux mains sur sa poitrine, il releva la tête. Leurs regards se soudèrent, yeux gris fumée dans yeux bleu électrique.

Gage se recula. C'était un désastre ! Une vraie catastrophe ! Pour un baiser — une bêtise, cette histoire de gui... —, il avait peut-être perdu une merveilleuse amie.

« Et puis, c'est la femme de Rick... C'est sa femme, nom de nom ! »

« Tu penses à quoi, ma fille ? » se disait Kelsey dans le même temps, détachant ses mains du buste de Gage, comme si sa chemise avait brusquement pris feu. « C'est Gage. C'est un ami. Le meilleur ami de Rick… »

— Kelsey, je…

— Tu m'as bien eue ! dit-elle d'un ton faussement joyeux qui ne le trompa pas.

Il n'y avait pas une seconde à perdre. Il fallait rétablir la situation au plus vite. Faire comme si elle n'accordait aucune importance à ce qui venait de se passer. Mieux : oublier. Tout effacer. Tout rayer…

Gage avait l'air malheureux et honteux. Il allait partir, c'était certain. Et s'il partait, il ne reviendrait jamais.

Non ! Elle ne voulait pas le perdre. Pas lui aussi. Ils pouvaient encore arranger ça. Dépasser ça. Il le fallait absolument…

— « Bien eue » ? articula-t-il avec peine.

— Oui. C'est la faute du gui…

— C'est ce que tu penses ? Kelsey, je ne…

— Tais-toi !

Elle lui sourit. Un sourire moins forcé, cette fois.

— Il n'y a pas de quoi en faire une montagne, Gage. Vraiment pas.

— Tu trouves ?

A sa mine décomposée, elle comprit qu'il prenait la chose bien plus au sérieux qu'elle.

— Ce qui s'est passé, Kelsey...

— Quoi ? Ce n'est pas si important que ça, ce qui s'est passé... C'est juste un baiser, Gage. Ce n'est pas bien méchant...

Il la regarda comme s'il doutait qu'ils parlent du même événement, mais elle ne se départit pas de son calme. Calme apparent seulement, car son cœur battait terriblement fort, et, s'il continuait, sûr que Gage allait l'entendre ! Sans compter qu'elle flageolait sur ses jambes...

— Pas méchant, répéta-t-il doucement, comme s'il essayait de s'en convaincre. Pas méchant...

— Nous ne sommes plus des adolescents avec une émotion à fleur de peau. Nous sommes des adultes. Ce qui s'est passé est une broutille. On ne va quand même pas se laisser perturber par un détail !

« S'il te plaît, Gage, implora-t-elle tout bas. N'en fais pas toute une histoire. J'ai besoin de toi. Danny a besoin de toi. Il n'y a qu'à oublier. Faire comme si ça n'avait pas eu lieu. S'il te plaît, Gage... »

Lut-il la supplique dans ses yeux ou conclut-il que ce n'était effectivement pas grave et qu'ils n'avaient qu'à faire comme si rien ne s'était passé ? Toujours est-il qu'il opina doucement.

— Tu as raison, il n'y a pas de quoi fouetter un chat. Ce n'est qu'un baiser.

— Exactement, acquiesça-t-elle presque trop vite.

Comment cacher son soulagement ? Elle était trop spontanée pour feindre.

Il y eut un silence. Bref, mais lourd de sous-entendu. Kelsey se dit qu'elle n'oserait plus le regarder comme avant, qu'elle garderait toujours à la mémoire le souvenir de ce qu'elle avait éprouvé dans ses bras, la puissance, la douceur et la bouffée de désir que son baiser avait déclenchée en elle.

Laissant échapper un vague « bonne nuit » mêlé à une espèce de sanglot, elle suivit le couloir qui menait à sa chambre, le frôlant involontairement au passage.

Comme tétanisé, Gage resta sur place. Une minute, une heure ? Il n'aurait su le dire. Longtemps, lui sembla-t-il. Le regard perdu sur le foyer de la cheminée où quelques braises rougeoyaient encore, il réfléchit à ce qui venait de se passer. Comment les choses avaient-elles pu prendre un tout, pareil et aussi brusquement ?

Comment sa légendaire maîtrise de lui-même avait-elle pu lui échapper?

Il leva les yeux vers le bouquet de gui accroché au-dessus de la porte et le détacha. Il le tourna et le retourna dans ses mains. Quelques petites boules nacrées en tombèrent et s'écrasèrent, gluantes, sur le parquet. Voilà… A cause de cette petite chose insignifiante, il avait embrassé Kelsey comme un amant embrasse sa maîtresse. Il avait embrassé la femme de Rick, son ami. Cette femme qu'il s'était promis et avait promis à Rick de protéger, si jamais…

Il haussa les épaules. Pour elle, c'était clair, ce n'était qu'une « broutille », un « détail » sans importance. Ils n'avaient qu'à faire comme si rien ne s'était passé. Elle avait raison, c'était la solution.

Il avança vers la cheminée, se pencha et jeta le bouquet de gui sur les braises. Une volute de fumée grise malodorante s'éleva d'abord, puis la chaleur commença à ronger le pourtour des feuilles. Réalimenté, le feu que Kelsey avait tenté d'éteindre peu de temps auparavant s'empara du petit bolduc rouge qui s'enflamma le premier et, brusquement, toute la branche s'embrasa.

Debout, pensif, Gage resta jusqu'à ce que le

feu ait tout réduit en cendres, obsédé par le désir d'étreindre encore la jeune femme.

Le lendemain matin, l'affaire du gui était virtuellement oubliée. Bien sûr, ils s'étaient embrassés, mais c'était à considérer comme un épiphénomène. Aucun d'eux ne fit allusion à ce qu'il avait éprouvé. Aucun d'eux ne manifesta le moindre étonnement, quand Gage annonça qu'il partait un jour plus tôt que prévu pour Los Angeles pour être sûr de ne pas rater son avion. Qu'il préfère passer la nuit sur le canapé du studio de son frère plutôt que dans le lit de la chambre qu'il louait à Kelsey était on ne peut plus normal ! Bien sûr qu'elle comprenait !

L'ardeur de leur baiser aurait mérité une explication, mais, apparemment, Gage préférait fuir et éviter toute question. Sans doute avait-il raison. Tout cela serait oublié lorsqu'il reviendrait la prochaine fois. Dans six mois, personne ne se souviendrait plus de rien. Et lorsque Gage repartirait, une nouvelle fois, les choses auraient repris leur tournure habituelle. La vie, son cours normal. L'incident serait clos. Totalement oublié.

C'était certain.

Chapitre 5

— J'aimerais beaucoup que tu viennes avec Danny, Kelsey…

Au ton teinté de reproche de sa mère, la jeune femme se crispa.

— Moi aussi, maman, mais ce n'est pas la bonne saison pour moi. Ici, les jardins donnent beaucoup et j'ai plein de commandes. Ce n'est pas comme dans le Minnesota, où vous avez encore un mètre de neige, j'imagine…

— Mais pas du tout !

Viola Sinclair détestait qu'on critique le climat de sa région. C'était comme une atteinte personnelle. Bonne jardinière elle-même, elle enviait cependant sa fille qui pouvait cultiver sa terre et récolter ses fruits et légumes tout au long de l'année.

— Ça fait des semaines que nous n'avons pas eu de neige, déclara-t-elle.

— Ici, ça fait des années que nous n'avons pas eu de neige, répliqua Kelsey du tac au tac.

Elle changea le combiné téléphonique d'oreille pour soulager la tension de son cou. C'était une chance que des vidéophones à un prix abordable n'aient pas encore été mis sur le marché, car elle n'aurait pas pu faire ce qu'elle faisait en ce moment : parler à sa mère tout en triant le linge. Viola Sinclair en aurait été offusquée.

— Trêve de plaisanterie, Kelsey… Est-ce que tu as repensé à ce que ton père et moi avons suggéré à Noël ?

— Que Danny et moi allions vivre dans le Minnesota ?

Elle jeta un coup d'œil à la demi-douzaine de petites chaussettes qui gisait sur le lit. Comment se faisait-il qu'il y ait en permanence tant de chaussettes orphelines ? Qu'en faisait Danny ? Est-ce qu'il les mangeait ? Est-ce qu'il les échangeait avec ses camarades de classe, rien que pour agacer leurs mères qui n'en retrouvaient jamais deux de la même couleur ?

— On a beaucoup de place ici et il y a de bonnes écoles. Tu n'aurais plus besoin de travailler autant…

— Mais j'aime ce que je fais, maman !

— Peut-être, mais au moins tu ne tirerais plus le diable par la queue !

— Tu te trompes, maman, je ne tire pas le diable par la queue. Ça a été vrai au début, je ne te le cache pas, mais ce n'est plus le cas maintenant.

La jeune femme jeta une des chaussettes dans le panier à linge sale. Peut-être qu'au prochain lavage elle retrouverait miraculeusement sa jumelle ?

— Ton père et moi tournons un peu en rond dans cette grande maison. Danny et toi, vous auriez vraiment beaucoup de place…

— Mais on a de la place ici aussi. Cette maison est bien largement suffisante pour nous deux.

Kelsey se frotta le front juste au-dessus du nez. Le mal de tête pointait. Elle avait déjà eu cent fois cette conversation avec sa mère et, chaque fois, cela s'était terminé par une migraine. Elle en connaissait le texte par cœur. Elle aurait pu le réciter.

— C'est très mignon chez toi, c'est très confortable, mais ce n'est pas assez grand pour une famille. Comment dire ? C'est suffisant pour Danny et toi, bien sûr, mais…

— Danny et moi, nous formons une famille !

coupa Kelsey, essayant de ne pas laisser transparaître son agacement.

— Oui, oui, ma chérie…, reprit précipitamment Viola. Ce n'est pas ce que j'ai voulu dire. Ce que je voulais dire c'est que, quand tu te remarieras, il n'y aura pas de place pour d'autres enfants.

Le mal de tête gagnait. Comme toujours, il tournait à droite vers la tempe et pinçait la nuque. Bientôt, le sang allait cogner dans le fond de son œil. La migraine aussi, elle la connaissait par cœur !

Le téléphone toujours collé à l'oreille, elle se dirigea vers la cuisine en quête d'aspirine.

— Je ne vois pas pourquoi tu me parles de mariage, maman. Je ne connais personne. Je ne vois personne. Je ne sors avec personne. Tu ne penses pas que c'est un peu prématuré de parler d'autres enfants ?

Le bouchon de sécurité du flacon d'aspirine refusant de s'ouvrir, Kelsey coinça l'appareil entre son épaule et son oreille pour avoir les deux mains libres, tandis que sa mère continuait :

— Tu es jeune. Tu ne vas pas passer le reste de ta vie toute seule. Il est temps de penser à l'avenir. Danny ne restera pas tout le temps avec toi, tu le sais…

— J'ai douze ans minimum devant moi avant qu'il ne déserte le nid! J'ai le temps d'aviser...

Elle plaça les deux flèches du tube face à face, comme indiqué, et essaya de soulever le couvercle avec le pouce. En vain.

— Tu trouves peut-être que je me mêle de ce qui ne me regarde pas?

— Eh bien... sincèrement, oui... un peu..., répondit-elle dans un accès de franchise dû autant à l'impatience qu'à la douleur.

Si ça continuait, sa tête allait exploser!

— Mais je sais que ce que tu dis est pour mon bien, parce que tu m'aimes beaucoup et que tu veux que je sois heureuse, ajouta-t-elle, pour modérer la brutalité de sa réponse.

Dépitée, sa mère laissa passer quelques secondes avant de répondre.

— Je vais te dire le fond de ma pensée, Kelsey, reprit-elle d'un ton pincé. C'est un tort de porter le deuil de Rick continuellement, comme tu le fais. Ça fait quatre ans maintenant... Je ne dis pas que c'est facile, comprends-moi bien! Mais il me semble qu'il est temps pour toi de songer de nouveau à toi.

— Je sais, maman, mais ce n'est pas à cause de Rick que je ne sors pas et que je ne vois personne. C'est que je n'ai pas le temps d'y penser. Je suis trop occupée. Ma vie est bien remplie et je suis heureuse comme ça.

« Sauf en ce moment », pensa-t-elle. Mais elle ne l'ajouta pas.

Exaspérée par la mauvaise volonté que le flacon mettait à s'ouvrir, elle finit par le cogner contre l'évier. Le bouchon gicla, tandis que les minicomprimés blancs tombaient en pluie par terre.

— Je ne voudrais pas que tu penses que je suis une mère abusive, mais je me fais vraiment du souci pour toi…

— Je sais, maman, je sais.

Kelsey s'accroupit pour ramasser les comprimés éparpillés sur le carrelage en se jurant de se souvenir de ne jamais dire à Danny qu'elle se faisait du souci pour lui. C'était le plus sûr moyen de développer en lui un sentiment de culpabilité.

— Tu n'as pas à t'inquiéter pour moi. Danny et moi, nous allons très bien. Nous avons plein d'amis ici. D'ailleurs, Claire Miller a téléphoné il y a quelques jours. Elle habite Santa Barbara maintenant et elle vient déjeuner ici tout à l'heure.

— Je croyais qu'elle était mariée et qu'elle vivait en Europe ?

— Plus maintenant…

Soulagée que la conversation se poursuive sur un autre terrain, Kelsey se lança dans les détails :

— Elle a divorcé. Elle vient d'ouvrir une boutique à Santa Barbara. On s'est parlé au téléphone à plusieurs reprises, mais on ne s'est pas encore revues. Ce sera pour tout à l'heure. A ce propos, ne m'en veux pas, mais il va falloir que je te quitte. J'ai pas mal de choses à faire encore, avant son arrivée.

Il se passa cependant une bonne vingtaine de minutes avant qu'elle puisse raccrocher. Sa mère lui répéta quatre ou cinq fois qu'il y avait beaucoup de place dans sa maison et que Danny et elle y seraient très au large. Sans oublier les dernières nouvelles, à savoir que le fils Armato était revenu dans le Minnesota, qu'il était avocat et beau comme un dieu.

— Si tu le voyais… Est-ce qu'il n'était pas un peu amoureux de toi, quand vous étiez au lycée ?

Kelsey roula des yeux exaspérés. Ce n'était même plus des gros sabots que sa mère chaussait, c'était carrément les emballages ! Kenny Armato était peut-être devenu un adonis, mais elle était prête à parier qu'il avait toujours les mains baladeuses, pire qu'une pieuvre avec ses tentacules ! Elle murmura vaguement quelque chose et choisit les deux comprimés les moins poussiéreux, qu'elle mit dans sa bouche et avala avec le fond d'une tasse de café — froid, évidemment —, qui traînait à côté de l'évier. Sa mère parlait toujours, énumérant les avantages qu'il y avait à élever un enfant dans une petite ville plutôt que dans une métropole.

Kelsey aurait pu lui faire remarquer qu'elle ne vivait pas précisément dans une mégapole, mais cela aurait été gaspiller sa salive. Pour Viola Sinclair, la Californie, et avant tout la Basse-Californie, était une région immense et perpétuellement dans le brouillard.

Sa mère avait à peu près épuisé tous les sujets, quand Gage entra dans la cuisine, direction le réfrigérateur. Voyant le regard agacé de Kelsey, il s'arrêta net. Elle avait le combiné coincé entre l'épaule et la mâchoire, tenait une tasse de café à la main, et un flacon d'aspirine était vidé sur le comptoir.

— C'est ta mère ? articula-t-il tout bas.

Elle acquiesça. Il lui lança alors un regard si compatissant qu'elle faillit s'étrangler de rire et toussa pour étouffer son fou rire. Comme il n'arrêtait pas de faire des mimiques, elle lui fit les gros yeux et reçut en retour un sourire qui la fit fondre.

Elle eut subitement la tentation d'informer sa mère que Gage était chez elle pour quelques semaines. La nouvelle aurait sûrement mis fin au monologue élogieux sur Kenny Armato et son diplôme d'avocat, mais Viola Sinclair aurait sûrement enfourché son deuxième cheval de bataille : elle n'appréciait pas que Gage loge sous le toit de sa fille, durant ses séjours en Californie.

Ce n'était pas qu'elle ait quelque chose contre lui personnellement, répétait-elle à l'envi. Il lui avait semblé tout à fait aimable et bien élevé quand elle avait fait sa connaissance à leur mariage et elle lui était reconnaissante de l'aide qu'il avait apportée à sa fille depuis le décès de Rick. C'était avec leur arrangement qu'elle n'était pas d'accord. L'idée qu'une jeune veuve partage sa maison avec un homme aussi séduisant, ne fût-ce que quelques semaines par an, lui semblait absolument inconvenant.

C'était entendu, on était au XXIe siècle, mais les temps n'avaient pas changé à ce point. Un homme et une femme, seuls dans une maison — elle ne comptait pas Danny, trop jeune encore pour comprendre —, on savait d'avance où cela allait mener !

Ce que Kelsey avait trouvé parfaitement ridicule. Gage et elle étaient des amis. Point. Sa mère pouvait penser ce qu'elle voulait, un homme et une femme pouvaient avoir une relation platonique. D'accord, il y avait eu ce baiser… Mais sa mère n'avait jamais été au courant et cela faisait un an et demi. Il y avait belle lurette que ni Gage ni elle n'y pensaient plus. C'était du passé ! Un petit coup de folie, un soir en passant, et encore, une folie bien raisonnable !

Gage ouvrit le réfrigérateur, prit un soda et fit sauter l'opercule de la canette qu'il porta à sa bouche. Depuis le matin, il travaillait dehors à l'installation de la serre que Kelsey avait enfin achetée. Le terrain sur lequel elle devait être implantée avait besoin d'être aplani. Un travail éreintant que Gage effectuait à la pelle et à la pioche et qui donnait soif.

La jeune femme le regarda boire et sourit. C'était amusant de voir sa pomme d'Adam monter et descendre dans son cou au rythme des déglutitions.

Oubliant la pomme d'Adam, elle fixa ses bras. Ils n'étaient que muscles. Le haut qu'il portait, d'un vilain bleu délavé sur lequel un lavage hasardeux avait laissé des traînées blanches, était troué par endroits. « Bon à faire des chiffons », se dit-elle. A force d'avoir été porté, le tissu était si usé et si mince qu'il en était presque transparent. Chaque fois que Gage levait le bras pour avaler une gorgée de soda, le T-shirt remontait et découvrait un estomac musclé tapissé d'un duvet qui descendait en V en dessous de la ceinture d'un jean dont il avait coupé les jambes.

Voyant où son regard et son imagination l'entraînaient, Kelsey détourna vivement les yeux. Elle prit le téléphone dans sa main et le serra très fort, laissant sa mère continuer son monologue. Un brusque coup de chaleur lui enflamma les joues et elle tourna le dos à Gage, pour dissimuler sa rougeur.

Quelle mouche la piquait ? Gage était un ami, rien d'autre. Pour elle, il n'était pas un homme !

Elle rougit de plus belle.

Justement si, c'était un homme ! Mais elle n'était pas censée penser à lui de cette façon.

Elle ferma les yeux et essaya de se calmer. C'était la faute de sa mère, aussi ! A force de la harceler pour qu'elle se remarie, elle avait surtout réussi à la déstabiliser. Dorénavant, elle ne l'écouterait plus. Elle en avait assez de ses commentaires et de ses idées reçues. Son désir frénétique de la voir refaire sa vie devenait insupportable.

Soulagée d'avoir trouvé la responsable du tour indéfendable qu'avaient pris ses pensées, Kelsey reporta l'écouteur à son oreille. A l'autre bout de la ligne, la voix parlait toujours. Sa mère avait la chance de ne pas avoir besoin d'interlocuteur, elle tenait très bien une conversation à elle toute seule. Kelsey se contentait d'émettre de temps à autre des « humm humm » évasifs, pour faire croire qu'elle écoutait.

— Il va falloir que je raccroche, maman, dit-elle brusquement.

— C'est vrai, tu as quelqu'un à déjeuner. Promets-moi de…

— Oui, oui… Je te promets de repenser à ce que tu m'as dit. Oui, je ferai un bisou à Danny de la part de sa Granny et de Bon Papa. Je n'y manquerai pas. Oui, dès son retour de l'école. Bye, maman…

Elle reposa le téléphone sur son socle avec un long soupir de soulagement.

— Le Minnesota est un paradis et la Californie un lieu de perdition, c'est ça ? lui demanda Gage en riant.

— Oui, grosso modo c'est ça.

Elle se tourna vers lui et, à sa grande surprise, ne rougit pas, ne trembla pas, ne sentit ni son cœur s'emballer ni ses jambes flageoler.

— Je te rappelle que j'ai invité Claire à déjeuner, dit-elle en lui souriant.

— Claire ?

— Claire Miller. Je te l'ai dit il y a deux jours.

— Ah, oui ! La fille avec qui tu étais en classe.

D'un coup de poing, il écrasa la canette en aluminium sur le comptoir, puis il la jeta dans la poubelle.

— C'est ça. Tu l'as vue à notre mariage ; elle était demoiselle d'honneur. Tu étais même assis à côté d'elle à table.

— Une rousse, assez grande ?

— Non, une brune. Enfin, elle était brune à l'époque. Ça fait plusieurs années que je ne l'ai pas vue, elle a pu changer. C'est une jolie fille. Belle silhouette…

Une moue accrochée aux lèvres, Gage haussa les épaules. Cette description ne lui rappelait rien.

Pas mécontente qu'il ne l'ait pas remarquée — elle lui avait fait suffisamment d'ombre pendant toute leur scolarité —, Kelsey se rengorgea.

— Mais si ! Une brune avec des jambes de déesse…

— Non, je ne vois pas.

Enfin un homme que son amie n'avait pas tourneboulé ! Ils étaient rares.

— Tu la reconnaîtras tout de suite quand tu la verras, affirma-t-elle, espérant secrètement le contraire. Tu peux rester déjeuner avec nous, si tu veux. Tu es le bienvenu.

— Merci, tu es gentille, mais si vous ne vous êtes pas vues depuis longtemps vous devez avoir des tonnes de choses à vous raconter. Je vais plutôt appeler Cole et voir s'il veut venir déjeuner avec moi en ville.

— Tu n'es vraiment pas obligé de t'en aller, tu sais.

— Je sais, mais ça fait deux semaines que je suis là et j'ai à peine dit bonjour à ma famille.

— C'est ma faute, cette serre t'a donné tellement de mal que tu n'as pas eu le temps de lever le nez.

Joignant le geste à la parole, elle battit sa coulpe en riant.

Quand elle lui avait dit qu'elle cherchait une serre d'occasion et qu'elle en avait trouvé une qui lui semblait vraiment une affaire, il l'avait poussée à l'acheter.

« Je te la monterai », lui avait-il promis, pour l'inciter à sauter le pas. La proposition était alléchante et elle avait fini par accepter. Dès que la serre avait été livrée, il s'était attelé à la tâche.

— Tu travailles trop, dit-elle, honteuse de l'exploiter. Tu es en vacances et, au lieu de te reposer, tu montes ma serre.

— Oui, tu es un vestige de l'esclavagisme ! Il va falloir que tu remplisses un peu plus mon écuelle, si tu veux que je garde quelque force.

Il lui lança un drôle de regard.

— Et je ne peux même pas me plaindre que tu m'as imposé ce travail ; c'est moi qui me suis proposé !

— N'empêche que tu es en vacances et que tu bosses comme un dingue.

— Drôle d'expression ! Il y en a une autre qui m'a toujours intrigué. « C'est un travail de chien. » Qu'est-ce que ça veut dire ? Personnellement, les chiens que je connais n'abattent pas un travail fou. Celui de ma mère, par exemple, n'a jamais travaillé de sa vie. Pas un jour !

— C'est le fameux chien qui a volé la dinde de Noël l'année dernière ? Grognon, ou quelque chose comme ça ?

— Grognard…

Se souvenant du charivari qui avait suivi le vol de la dinde, Gage éclata de rire.

— Oui, c'est bien lui ! Mais lui, c'est un voleur. Et voler n'est pas ce que j'appelle travailler… Cite-moi un chien qui travaille vraiment.

— Lassie ?

— Il a des doublures pour les cascades.

— *Il* ?

— Oui, c'est un chien et non une chienne. Tu ne le savais pas ?

Kelsey prit deux cœurs de laitue dans le réfrigérateur et le bouquet de carottes qu'elle avait arrachées quelques heures plus tôt.

— Tu veux dire que c'est un chien qu'on déguise en chienne ? Un travesti, en somme.

— Oui, Lassie est un travesti. Mais ça n'a rien d'insultant dans ma bouche.

Il fit un geste de la main.

— Je suis un fervent défenseur des différences. J'aime l'anticonformisme. Chacun a le droit de vivre sa vie comme il l'entend.

— On parle de chiens, Gage.

— Oui et alors ?

Il lui lança un regard interrogateur.

— Quel est le problème ?

Elle ne répondit pas et, brusquement, éclata de rire. Le malin ! L'air de rien, il avait habilement détourné la conversation. Et après cette digression sur le sexe véritable de Lassie, ce dont ils se moquaient autant l'un que l'autre, il n'était plus question de reprendre une discussion sérieuse. Bien joué ! Elle n'y avait vu que du feu.

Elle faillit lui lancer la salade au visage pour se venger mais se retint. Cela n'aurait servi qu'à abîmer sa Black Simpson, la variété de laitue qu'elle préférait.

— Tu m'as bien eue, dit-elle.

— Moi ?

Il éclata de rire.

C'était l'une des choses qui lui manquaient le plus, quand il n'était pas là, quelqu'un avec qui rire. Ce n'était pas qu'elle ne riait jamais, mais elle riait tellement plus quand il était là.

— Je crois que tu exagères, dit Kelsey sur un ton de reproche très mesuré.

Claire écarquilla les yeux.

— Parole de scout, Kelsey. Il voulait que je dise bonsoir à tous les portraits de famille chaque soir avant d'aller me coucher. On empruntait la fichue galerie où étaient accrochés ces fameux portraits et il s'arrêtait devant chaque ancêtre pour le saluer. Comme c'était une famille prolifique, ça prenait des heures.

— S'il était déjà comme ça avant votre mariage, pourquoi est-ce que tu l'as épousé ?

— Je n'en sais rien.

Claire fit tomber la cendre de sa cigarette dans un pot de fleurs en terre cuite, ce que Kelsey avait trouvé de plus ressemblant à un cendrier. Elles étaient sorties avec leurs assiettes sur la terrasse, de sorte que Claire puisse fumer, ce qu'elle faisait non-stop depuis son arrivée.

— Il avait l'air normal quand on s'est rencontrés. Bien de sa personne, mis à part son menton fuyant, et un charme ! A damner un saint. Il m'a fait un baisemain quand nous avons été présentés. Tu connais une fille, toi, qui résisterait à un garçon qui la demande en mariage après lui avoir fait un baisemain ? Moi pas !

— Je te comprends. Si ce n'est qu'on ne fait pas de baisemain à une jeune fille !

Au ton ironique de la réponse, Claire grinça des dents.

— Ce qui veut dire que tu aurais résisté. C'est vrai que tu as toujours été plus sensée que moi, surtout en matière d'hommes.

— Ce n'est pas ça, c'est simplement que je ne cherchais pas les mêmes choses que toi.

Kelsey porta une carotte à sa bouche et commença à la grignoter.

— Je voulais un foyer, une famille.

— Moi je voulais avoir beaucoup d'argent et voir le monde. On devrait faire attention à ce qu'on dit parce que les vœux se réalisent parfois. Je sais que ça fait un peu cliché de dire ça, mais c'est vrai. Quand je vois ce cinglé de Carlos, je me dis que je suis bien punie d'avoir eu des rêves aussi creux. Si j'avais désiré des choses plus consistantes, comme toi, je ne me serais sans doute pas laissé embobiner par un beau parleur d'Italien à l'accent langoureux et aux mocassins à pompons.

— Dans mon cas, les choses ne se sont pas passées non plus comme je l'avais prévu…

— Oui, je sais. Je me doute bien que ça n'a pas dû être facile tous les jours pour toi.

Elle posa doucement la main sur le bras de Kelsey, qui s'était assise en face d'elle.

— Je sais que tu le sais…

C'était la vérité. Claire était plus sensible et profonde qu'elle ne se plaisait à le laisser paraître, Kelsey en avait été témoin à diverses reprises.

— Je ne suis pas en train de comparer ce qui t'est arrivé avec mon divorce. Mon divorce, c'est de la gnognotte à côté de la disparition de Rick.

— Ce n'est pas facile non plus de divorcer…

— Bof, ce n'est pas si catastrophique, quand on y pense bien…

Claire écrasa son mégot dans le dessous de pot et ressortit aussitôt une autre cigarette du paquet. Ses gestes précipités, nerveux, contrastaient avec l'espèce de nonchalance qu'elle s'ingéniait à afficher.

— Après deux ans dans ce mausolée plein de courants d'air, je peux te dire que j'ai été bien contente de revenir aux Etats-Unis où le chauffage central est un droit dont personne ne peut te priver !

— Oui… C'est inscrit dans la Constitution, même, si je me souviens bien, dit Kelsey en riant.

— Crois-moi, c'est aussi important que la liberté et que le droit de voler un tueur.

Kelsey, qui buvait une gorgée de thé, faillit s'étrangler.

— Tu veux dire « de tuer un voleur », je suppose, corrigea-t-elle.

— Tuer un voleur, voler un tueur…

Claire fit de grands gestes avec les bras.

— Ça ne fait pas une grosse différence.

— Je pense que ce n'est pas exactement la même chose, si tu veux mon avis.

Elles pouffèrent toutes les deux.

— Tu m'as manqué, tu sais, déclara Claire.

— Moi aussi, tu m'as manqué. Je suis ravie que tu ne t'installes pas trop loin, comme ça on pourra se voir souvent.

Kelsey se leva et commença à débarrasser la table des restes de leur déjeuner.

— Pourquoi crois-tu que je sois venue à Santa Barbara ? Parce que je savais que tu habitais quelque part dans le secteur.

Claire se leva à son tour et écrasa sa cigarette à moitié consumée. Elle prit son assiette et le saladier.

— Je me rends compte qu'on a surtout parlé de moi. J'aimerais bien que tu me racontes maintenant ce que tu fais de ta vie. Tu vois ce que je veux dire...

— Je n'ai pas grand-chose à raconter, Claire. Je travaille et j'élève Danny. Entre les deux, mes journées sont bien remplies, tu imagines ; je n'ai pas de temps pour les comtes italiens aux mentons fuyants et aux mocassins à pompons !

— Ni pour leurs ancêtres !

— C'est vrai, j'oubliais la galerie de portraits

qu'on salue tous les soirs. Comment as-tu pu accepter ça si longtemps ?

— Je me le demande moi-même.

Claire ouvrit la porte doublée d'une moustiquaire et s'effaça pour laisser passer Kelsey.

— Au fait, qu'est devenu ce beau gosse qu'il y avait à ton mariage ? Un ami de Rick, si ma mémoire est bonne... Est-ce que tu as eu l'occasion de le revoir ?

Elle emboîta le pas à Kelsey qui se dirigeait vers la cuisine.

— De mon point de vue, il n'y a pas un comte italien qui lui arrive à la cheville !

— Le « beau gosse » du mariage ? releva Kelsey avec une moue confuse. Je ne vois pas de qui tu parles...

Elle posa la vaisselle sur le comptoir et se retourna pour débarrasser Claire du plateau.

— Si... Allons ! Un grand mec super viril, brun avec des yeux bleus perçants et un corps de nageur. Sublime, quoi. Tu ne vois pas ?

— Tu veux peut-être parler de Gage Walker, le témoin de Rick ?

Kelsey se força à sourire. La description de Claire correspondait trait pour trait à Gage. Il n'y avait pas d'erreur possible.

— Un grand brun, *topissime,* reprit Claire. S'il faisait du cinéma, il crèverait l'écran, celui-là !

— Oui, c'est sûrement Walker. Tu as raison, c'est un bel homme, fit Kelsey platement, tandis que son cœur battait un peu plus vite dans sa poitrine.

— Bel homme ? C'est tout ce que tu trouves à dire ? Mais il est canon !

— Oui, je te l'accorde, il est assez séduisant.

— C'est tout l'effet qu'il te fait ?

Incrédule, Claire regarda son amie.

— Dis donc, ma vieille, tu passes trop de temps avec tes courgettes ! S'il n'a pas changé depuis ton mariage, cet homme est mille fois mieux que séduisant !

— Si tu le dis...

Kelsey ouvrit le robinet en grand et rinça les assiettes avec une énergie quelque peu excessive. Claire n'avait pas changé, elle aimait apparemment toujours autant les hommes. Riches et beaux, de préférence.

— Il vit par ici ?

— Oui et non, répondit Kelsey. Tu sais, c'était le meilleur ami de Rick et on lui a demandé d'être le parrain de Danny... Alors il séjourne à la maison régulièrement. Il prend son rôle vraiment très au sérieux pour le petit... Sinon, il s'occupe de construire des ponts au bout du monde... Il est là, d'ailleurs, en ce moment... Il déjeune avec son frère en ville...

Elle empila ensuite les assiettes bruyamment, espérant que le bruit découragerait Claire et qu'elle finirait par se taire. Mais il lui en fallait bien plus.

Augmentant simplement le ton de quelques décibels, Claire poursuivit, imperturbable :

— Et alors ?

— Alors quoi ?

— Comment ça se passe, entre vous ?

— Je ne vois pas ce que tu veux dire.

Les plats et les assiettes étaient tous rincés. Elle n'allait quand même pas faire la vaisselle à la main pour faire taire son amie. Si elle avait su, elle aurait préparé un repas bien plus élaboré de manière à avoir une pile de vaisselle à laver. En quête d'une fourchette ou d'un ravier oublié, elle balaya tous les meubles de la cuisine des yeux, mais rien ne traînait.

A regret, elle ferma le robinet.

Claire s'était assise sur le bord de la table, jambes croisées. Elle avait de longues et belles jambes. Elle portait un pantalon cigarette couleur poil de chameau et un chemisier de soie vert pâle. D'une élégance décontractée, elle aurait pu poser pour un magazine de mode. Elle avait les cheveux noirs coupés court avec une frange épaisse qui faisait ressortir ses pommettes hautes et le petit quelque chose d'asiatique qu'elle avait dans la forme et la couleur des yeux.

— Comment ça se passe entre vous, quand il est là ? reprit Claire avec une certaine impatience, en articulant exagérément pour que Kelsey ne puisse pas faire celle qui n'avait pas entendu.

— Bien…

— Tu le fais exprès ou quoi ? Tu comprends très bien ce que je veux dire !

— Il n'y a rien à raconter de plus. On est amis, c'est tout.

Kelsey se sécha lentement les mains dans un torchon à carreaux taupe et blanc et le reposa sur le plan de travail.

— Seulement amis ?

— Puisque je te le dis… Personnellement, je suis convaincue que l'amitié entre un homme et une femme est possible. La preuve…

Elle n'était absolument pas persuadée de ce qu'elle avançait et cela s'entendait.

— Bien sûr, mentit Claire à son tour. Moi, je ne me verrais pas rester amie très longtemps avec un beau gars de son espèce. Je crois que je passerais mes journées à fantasmer sur lui !

— Je ne pense jamais à ça quand je pense à lui, dit Kelsey avec une conscience aiguë de son mensonge.

— Alors comme ça, vous n'avez jamais... ?

— Non, jamais.

L'étreinte de Gage et son baiser étaient des souvenirs lointains maintenant. A tel point que Kelsey se demandait souvent si elle ne les avait pas rêvés.

— Tu ne verrais donc pas d'inconvénient à ce que je tente ma chance avec lui ?

— Bien sûr que non !

Elle se força à sourire. C'était bizarre ! Elle n'avait jamais noté le côté oiseau de proie de Claire. Enfin si, elle l'avait déjà remarqué, mais jamais à ce point.

— Moi, je trouve que c'est un crime que ce garçon soit seul, continua Claire. Puisque personne n'a envie de lui, je vais lui faire un sort !

— Tu parles de lui comme d'une marchandise ! Tu n'as pas honte ?

— Non.

— Tu sais, à mon avis il ne recherche pas de compagnie féminine.

— Il a déjà quelqu'un ?

— Pas que je sache.

Elle n'en était pas sûre, en fait.

Que savait-elle en réalité de la vie privée de Gage ? Quand il était chez elle, il se rendait entièrement disponible pour Danny, pour elle, pour sa famille aussi. Mais quand il était loin ? Sur ses chantiers du bout du monde ? Sortait-il avec une fille ? Avec des filles ? Cette pensée ne l'avait jamais effleurée, mais elle avait peut-être tort. Plus elle y réfléchissait, plus il lui paraissait improbable, tout comme à Claire, qu'un homme aussi séduisant n'ait pas des aventures, ou — pire encore (et Kelsey se demanda brièvement ce que signifiait ce « pire encore » qui s'était imposé à son esprit) — une amie régulière.

Oui, à bien y réfléchir, Gage devait avoir quelqu'un dans sa vie. Quelqu'un qui comprenait et acceptait qu'il séjourne régulièrement chez une autre femme, en vertu d'une promesse solennelle faite à un ami mort.

Son visage s'assombrit brusquement.

— Qu'est-ce qui t'arrive ? lui demanda Claire. Tu en fais une drôle de tête, subitement !

— Moi ? Non. Pourquoi veux-tu ?

— Ah bon, j'avais cru… Je peux tenter ma chance avec lui, alors ? Tu es sûre ? Tu n'y verras rien à redire ?

Elle aurait dû apprécier que Claire se soucie de ce qu'elle pouvait ressentir. Elle aurait dû lui souhaiter bonne chance. Elle aimait bien Claire. Elle aimait bien Gage.

Pourtant, l'idée qu'ils pourraient être tous les deux ensemble lui parut soudain intolérable.

— Bien sûr que ça m'est égal, se força-t-elle à répondre.

Son sourire était si contraint et sa voix sonnait tellement faux, même à ses propres oreilles, qu'elle se détourna pour se cacher.

— Il devait passer prendre Danny à l'école. Ils ne devraient plus tarder, tous les deux, poursuivit-elle. Tu peux rester l'attendre ici, si ça te chante.

— Pourquoi pas ? Maintenant que je suis de retour, il faut que je reprenne contact avec toutes mes anciennes connaissances et que je m'en fasse de nouvelles, dit-elle avec un sourire.

— Tu as raison.

Kelsey lui rendit son sourire, mais le cœur n'y était pas. L'empressement de son amie à vouloir mettre la main sur Gage lui était insupportable. Il n'était pourtant pas chasse gardée… En tout cas pas la sienne… Et Claire était son amie.

Elles étaient amies depuis le lycée. Deux bonnes amies. Elles ne s'étaient jamais vraiment perdues de vue. Même après leur mariage respectif et malgré les milliers de kilomètres qui les séparaient, elles étaient restées en contact. Quand Claire avait divorcé, Kelsey avait été ravie d'apprendre qu'elle venait s'installer à Santa Barbara. La proximité allait resserrer encore leur lien d'amitié. C'était formidable. Il y avait juste un hic.

— J'ai des fraises pour le dessert, dit-elle en allant vers le réfrigérateur.

Oui, un hic. Claire était l'élégance personnifiée et, à côté d'elle, elle avait l'air d'une vieille fille négligée. Le pantalon kaki et le chemisier à manches courtes, qui lui avaient paru si coquets et si printaniers quand elle les avait achetés, lui semblaient maintenant affreusement démodés. Oui, comparée à Claire, elle avait vraiment l'air d'une nonne défroquée.

Peut-être aurait-elle dû se faire couper les cheveux ? se dit-elle en posant le saladier de fraises sur le comptoir. Elle les avait laissé pousser par commodité, parce que c'était facile de les relever et d'en faire une queue-de-cheval pour ne pas les avoir dans les yeux pendant qu'elle travaillait dans le jardin. Elle allait revoir ça, envisager une coupe moderne, quelque chose de court et de branché. Changer de look, quoi !

Elle mit trois cuillerées de fraises émincées

dans deux coupelles. Son maquillage ? Il faudrait peut-être qu'elle revoie cela aussi. Qu'elle prenne un peu plus de temps le matin pour se faire une beauté. Cela faisait des années qu'elle se contentait d'un peu de mascara et d'un coup de blush sur les joues. Ce qui n'était pas suffisant pour se mettre en valeur. C'était décidé, dorénavant, elle passerait un peu plus de temps devant le miroir de sa salle de bains.

— Ça a l'air bon, dit Claire en voyant Kelsey poser les coupelles sur la table. Dommage que Carlos ne soit pas là.

Kelsey écarquilla les yeux.

— Je croyais que tu étais contente de t'être débarrassée de lui ? Je ne te comprends plus ! Tu regrettes qu'il ne soit pas là ?

— Il est hyper allergique aux fraises, dit Claire en pouffant de rire.

Kelsey éclata de rire à son tour avec, cependant, un petit fond de mauvaise conscience. Avec Claire, on ne s'ennuyait jamais. Tout était léger et joyeux. Avec elle, elle avait l'impression d'avoir de nouveau treize ans, d'être une adolescente à l'affût de bêtises à faire. Claire était pétillante, délurée. Claire plaisait aux hommes.

A cet instant, un sentiment qu'elle n'aurait

pas dû éprouver la fit rougir. Quelque chose qui avait le goût amer de la jalousie.

Honteuse, elle secoua la tête pour chasser cette pensée. Mais non, elle n'était pas jalouse. C'est seulement que ça recommençait comme autrefois quand, au lycée, elles se battaient toutes les deux pour le même garçon.

Jalouse, non. Mais rivales.

Elle se reprit bien vite. Rivales ? Stupide ! Si Claire voulait sortir avec Gage, elle n'y voyait aucune objection. Quel droit avait-elle sur lui ? Aucun. Absolument aucun. D'ailleurs, elle ne voulait rien de lui.

Chapitre 6

Kelsey ne parvenait pas à trouver le sommeil. Elle avait une kyrielle de bonnes raisons d'être encore éveillée à cette heure — 0 h 15. Et le fait que Claire soit sortie dîner avec Gage et qu'ils aient projeté d'aller ensuite au cinéma n'était pas au nombre de ces bonnes raisons.

Les yeux fixés au plafond, elle fit mentalement l'inventaire de tous les sujets qui la tracassaient. La semaine avait été chargée, il y avait de quoi être fatiguée. Et quand on est trop fatigué, on ne trouve pas le sommeil, c'est bien connu ! Elle était ennuyée parce qu'elle avait vu des pucerons sur ses brocolis, dans l'après-midi. Il y avait aussi le problème du marché de samedi matin. Quels légumes seraient à point pour être cueillis et emportés ? Seraient-ils assez beaux ? Y en aurait-il une quantité suffisante ? Elle avait des clientes exigeantes. Sans compter qu'elle mourait de chaud sous cette couverture !

Elle se tourna sur le côté et fixa le mur. Ce n'était pas plus gai, mais ça changeait du plafond.

Gage était parti un peu après 18 heures et elle n'avait pour ainsi dire pas pensé à lui depuis. A Claire non plus, d'ailleurs. Elle avait mieux à faire que perdre son temps à se demander ce qu'ils fabriquaient tous les deux, n'est-ce pas ? Et puis ça ne la regardait pas…

Quand Gage avait passé la porte, elle avait remarqué qu'il s'était mis sur son trente et un. Elle ne l'avait jamais vu qu'en jean ou presque. L'élégance lui allait bien. Dans son pantalon gris et sa chemise bleu glacier, dont il avait roulé les manches jusqu'aux coudes — ce qui faisait ressortir le bronzage de ses bras musclés et la finesse de ses poignets —, il avait tout d'un top model. C'était tout juste si elle l'avait reconnu.

Avant de partir, il était venu lui dire au revoir. Il avait souri à Danny et, là, elle l'avait retrouvé. C'était le Gage qu'elle connaissait ; celui qu'elle aimait bien. Il avait dit à Danny qu'il sortait et qu'il rentrerait probablement très tard, qu'ils ne se reverraient pas avant le lendemain. Et ce fut à ce moment-là que Kelsey prit conscience qu'il avait dû projeter de passer la nuit avec Claire. Cette pensée l'avait pétrifiée. Prétextant quelque chose d'urgent à faire, elle avait ouvert un placard et fourragé dedans comme une folle, en prenant bien soin de lui tourner le dos. Il s'en était fallu de peu qu'elle ne fonde en larmes devant lui.

Vu la façon dont Claire avait minaudé, la veille, pour se faire inviter, ce n'était pas surprenant qu'il ait envisagé de ne pas se contenter d'un dîner et d'une séance de cinéma. N'importe quel homme en aurait fait autant. Claire avait l'intention d'aller plus loin et son attitude le signifiait assez.

Ils s'étaient peut-être même fait des signes derrière son dos, se disait Kelsey, des heures plus tard, en suivant l'ombre des rideaux sur le mur. Elle n'avait rien vu, elle n'avait rien entendu, mais, en y repensant, c'était évident ! Claire aimait trop les hommes pour se satisfaire d'un chaste tête-à-tête, surtout après tout ce qu'elle lui avait dit sur Gage.

La jeune femme se tourna sur le dos et fixa le lustre. Encore une fois, ce qu'ils faisaient ne la regardait pas ! Après tout, Gage et Claire étaient adultes et vaccinés. Ils avaient depuis longtemps passé l'âge de demander la permission. Ils étaient assez malins tous les deux pour prendre les précautions d'usage et s'ils décidaient de passer la nuit ensemble, bien que se connaissant à peine, ce n'était pas à elle de juger.

Mais l'image de Gage en train d'embrasser Claire avec la même passion qu'il l'avait embrassée, elle, quelques mois auparavant, ne quittait pas l'envers de ses paupières. Les mains de Gage sur les seins de Claire… Son corps viril et musclé penché sur elle… Claire et lui étendus sur un lit… Nus…

— Non ! cria-t-elle.

Le son de sa propre voix la fit sursauter. D'un bond, elle sortit du lit comme si le matelas avait été en feu et alla jusqu'à sa coiffeuse, butant au passage dans ses chaussures qu'elle avait laissé traîner sur la moquette. Elle finit par trouver la poire du fil électrique et alluma sa petite lampe. Aussitôt une douce lumière emplit la chambre, qui chassa les ombres obsédantes qui la tourmentaient.

Elle se pencha pour se regarder dans le miroir. Elle était folle ou quoi ? La vie sexuelle de Gage ne la regardait pas.

Fuyant l'image que la glace lui renvoyait, elle regarda ailleurs. Elle préférait de pas se voir. Ne pas voir ce qui se lisait dans ses yeux.

Pour calmer une agitation dont elle refusait de s'avouer la cause, elle se mit à déplacer les objets de toilette, flacons et autres pots posés sur la tablette pour, finalement, les remettre à la même place. Ses gestes étaient nerveux, désordonnés. Au fond, c'était pour Gage qu'elle s'inquiétait. Voilà ! Elle avait trouvé ! Elle s'inquiétait pour lui… En amie… Il ne connaissait pas Claire. Il ne savait pas de quoi elle était capable. Claire avait beau être sa grande amie, ça ne l'empêchait pas d'être lucide sur ses motivations. Claire menait la vie dure aux hommes. Elle prenait beaucoup, mais ne donnait pas grand-chose en retour. L'échec de son mariage avec Carlos, qu'elle attribuait à l'amour immodéré de son mari pour ses ancêtres, trouvait peut-être là sa véritable explication. Enfin… En la matière, rien n'est jamais tout blanc ou tout noir. Sans doute y avait-il eu un peu des deux dans les raisons de leur séparation.

Elle ouvrit le tiroir du haut et en rangea le contenu. La brosse à angle droit avec la boîte d'épingles à cheveux, toutes ses barrettes alignées comme un régiment de soldats un jour de grande revue, le peigne à gauche, deux tubes côte à côte, tête-bêche.

Qu'est-ce qu'il lui arrivait ? Elle devenait

maniaque maintenant ? Et au beau milieu de la nuit ?

Elle jeta un coup d'œil dans le miroir. Si elle avait du mal à dormir c'était parce qu'elle avait peur pour Gage. Peur que Claire ne lui fasse du mal.

Elle prit un tube de crème qu'elle avait acheté Dieu seul savait quand, qu'elle n'avait utilisé qu'une fois et l'ouvrit. Il s'en échappa une odeur de chou-fleur trop cuit. De rance, pour être tout à fait exacte. De quoi avait-elle peur, en réalité ? Claire était divorcée depuis peu de temps et n'avait pas l'intention, pour l'instant, de se relancer dans une liaison au long cours. Alors ? Alors ses vues sur Gage ne pouvaient pas être sérieuses… Il fallait juste que Gage le comprenne et n'en attende pas trop, de son côté.

Soulagée, Kelsey soupira et reposa le tube dans le tiroir, le long de la brosse à cheveux, l'étiquette sur le dessus. Puisque c'était elle qui avait présenté Claire à Gage, il était normal qu'elle se sente responsable de la suite des événements et qu'elle veille au bon déroulement de leur aventure.

Soulagée d'avoir trouvé le motif de son énervement, elle poussa un grand « ouf ». C'était donc ça ! Seulement ça ! C'était par amitié pour Gage et Claire qu'elle ne dormait pas et se retrouvait à ranger ses tiroirs à une heure pareille de la nuit. Si son sens hypertrophié de l'amitié ne l'empêchait pas de respirer, il l'empêchait de dormir. Il faudrait qu'elle se corrige. C'était tout à son honneur de se soucier du bonheur de ses amis. Et plus glorieux que la jalousie, sentiment qu'elle avait craint, un moment, de nourrir.

Elle avait à peu près terminé la réorganisation compulsive de ses tiroirs, quand elle entendit le bang sourd d'une porte qui se referme.

La porte d'entrée !

Gage était de retour ! Déjà ! Elle n'avait pas entendu sa voiture, mais ce n'était pas étonnant puisqu'elle couchait dans une chambre qui donnait sur l'arrière de la maison.

Rassurée — et ravie — de le savoir rentré, elle sourit aux anges. Il était là. Il n'avait donc pas eu l'intention de passer la nuit avec Claire.

Pour aller dans la chambre qu'elle lui louait, Gage devait passer devant sa porte. S'il voyait que c'était allumé chez elle, il penserait qu'elle l'attendait — qu'elle le guettait même — comme une vieille tante célibataire ou une maîtresse jalouse.

Ne sachant que faire, elle resta un moment immobile, tétanisée, comme un enfant pris les doigts dans le pot de confiture. Puis il y eut un craquement, une latte du parquet qui geignit, tout près. Alors elle referma brusquement le tiroir et entendit son contenu valser. Dans sa précipitation à éteindre, elle bouscula la lampe qui faillit tomber. Persuadée que d'invisibles rayons X allaient permettre à Gage de voir à travers les murs qu'elle n'était pas couchée, elle courut vers son lit. Elle avait seulement oublié qu'elle avait laissé traîner ses chaussures et se prit les pieds dedans.

Elle réussit à étouffer un cri, mais perdit l'équilibre et se retrouva le nez sur son oreiller. Sans prendre le temps de remercier le ciel de cet atterrissage en douceur, elle grimpa sur le lit, puis plongea sous sa couette, qu'elle remonta sur son nez. Là, les yeux au plafond, elle souffla. Ses oreilles bourdonnaient tellement qu'elle aurait à peine entendu un corps de ballet jouant des claquettes dans le couloir ! Autant dire qu'elle n'entendit pas Gage passer.

Quand le bruit d'une porte qui se refermait lui parvint, quelques secondes plus tard, elle se mit à grelotter comme si elle avait reçu une douche froide.

Quelques secondes passèrent et elle se calma. Comme une vidéo qui défile sur un écran, elle revit alors les quelques minutes qui venaient de s'écouler. C'était comme s'il s'était agi de la vie d'une inconnue. Que lui arrivait-il, décidément ?

Elle inspira profondément mais, au lieu de se calmer, elle sentit qu'elle rougissait de la racine des cheveux jusqu'aux pieds. Elle perdait la tête ou quoi ? Si Gage avait été un loup-garou venu la dévorer toute crue, elle n'aurait pas réagi avec plus d'effroi.

Se repassant une nouvelle fois la séquence, elle finit par pouffer de rire. Heureusement qu'il ne l'avait pas vue trébuchant sur ses souliers puis plongeant sous sa couette ! Il se serait moqué d'elle et elle ne l'aurait pas volé. Elle s'était comportée comme une pensionnaire qu'une surveillante générale aurait surprise en train de faire le mur. Risible !

Non, ridicule ! « J'ai été ridicule », se dit-elle.

Puis, se rappelant la rigueur presque mathématique avec laquelle elle avait rangé ses barrettes dans le tiroir de la coiffeuse, elle pouffa de nouveau. Pas ridicule... Folle !

Elle se retourna et enfonça la tête dans l'oreiller pour étouffer ses gloussements.

***

— Si tu m'avais vue ! Je lui ai sorti le grand jeu, s'écria Claire en éclatant de rire au téléphone.

— Le grand jeu, vraiment ? reprit Kelsey, s'efforçant de rester calme, tout en serrant le combiné à s'en blanchir les articulations.

— Je me suis presque fait honte, ajouta Claire, gloussant de plus belle.

« Paroles, paroles... Tu ne devais pas être si gênée que ça, va ! »

— Qu'est-ce que tu veux, ça fait un siècle que je n'ai pas vu un beau gars comme lui. Les garçons libres, ça ne court pas les rues, à nos âges. Beau comme il est, en plus...

— Je croyais que tu étais plutôt attirée par le genre italien langoureux.

Kelsey écarta le rideau de la cuisine pour mieux voir l'endroit où ils allaient implanter la serre. Gage, les mains sur les hanches, examinait le terrain. Il avait loué un petit Bobcat — un jouet, comme il disait — pour finir de niveler le sol avant de pelleter la terre pour les fondations.

— Pour ce qui est de l'Italien langoureux, j'ai déjà donné, répondit Claire à l'autre bout du fil. Mes quelques années de mariage m'ont suffi !

Kelsey détourna les yeux de Gage.

— Dorénavant, je concentre mes recherches sur le type américain pur souche. Si je peux mettre le grappin sur un modèle local aussi sublime que Gage Walker, pourquoi me compliquer la vie avec un modèle d'importation ?

Kelsey ne put s'empêcher de rire — Claire avait le chic pour trouver des formules imagées — malgré son agacement. La désinvolture avec laquelle Claire décrivait Gage avait quelque chose de gênant. Cette façon de le comparer au dernier modèle de voiture sorti des chaînes de montage de Detroit était même assez vulgaire. Et encore… heureusement qu'elle lui avait épargné des qualificatifs comme « bien carrossé »… D'accord, Gage était physiquement parfait et il aurait fallu être aveugle pour ne pas s'en apercevoir, mais il était aussi délicat, attentionné, intelligent et il avait un sens de l'humour peu commun. Il méritait de rencontrer quelqu'un qui apprécie ces qualités, pas seulement son physique.

— Je suis heureuse de constater que tu ne juges pas les hommes uniquement sur leur apparence, ironisa-t-elle.

— Je juge en fonction de ce que je vois, répliqua Claire d'un ton pincé. L'apparence, c'est la seule chose dont on peut être sûr.

Kelsey comprit que sa remarque avait fait

mouche et s'en voulut d'avoir vexé son amie. Elle n'avait aucune raison de le faire.

— Ce n'est pas ma faute s'il est mignon…

Il n'y avait rien à redire. Claire avait raison. Gage était très agréable à regarder. Trop même, peut-être.

Elle jeta de nouveau un coup d'œil dehors. Gage n'avait pas bougé. Troublée, elle détourna vite les yeux. La tête encombrée d'images érotiques, elle répondit, sans penser à ce qu'elle disait :

— S'il te plaît tellement, tu n'as qu'à foncer. A votre âge vous n'avez pas besoin du consentement de vos parents. Vous êtes tous les deux libres comme l'air.

« Tu la jettes dans ses bras ! Tu perds la tête ou quoi, ma fille ? Claire n'est pas faite pour Gage. Il a besoin de… »

Besoin de qui ? Quel genre de femme lui fallait-il ? Dans le fond, elle n'en savait rien. La seule chose dont elle était certaine, c'était qu'il ne lui fallait pas Claire Di Mera Di Venezia, née Miller.

— Hou, hou, Kelsey ? Tu m'écoutes ? Voilà le plus drôle… Je me suis jetée à son cou, mais je ne l'intéresse absolument pas !

Claire avait bien détaché les syllabes du mot « absolument ».

— Tu es sûre ?

Prenant conscience du ton un peu trop joyeux de sa réponse, Kelsey essaya de se rattraper.

— Je ne le crois pas. Je pense au contraire que tu lui plais.

Elle était sincère. Autant qu'elle s'en souvienne, aucun homme n'avait jamais résisté aux efforts que déployait Claire pour le séduire. D'ailleurs, pour être tout à fait honnête, Claire n'avait pas beaucoup d'efforts à faire car elle était belle et sympathique.

— Tu es trop gentille. Mais vrai… Il ne me trouve pas aussi irrésistible que tu le penses. Tu pourrais peut-être lui glisser quelques mots à mon sujet… Lui faire remarquer qu'il risque de passer à côté de quelqu'un d'unique et d'irremplaçable !

Elle pouffa de rire. Elle avait le sens de l'humour et savait rire d'elle-même, qualité rare.

— Je ne suis pas sûre qu'il apprécierait que je me mêle de sa vie sentimentale.

— Sans doute pas, soupira Claire. Les hommes ont tendance à croire qu'ils savent ce qu'ils font en matière d'affaires de cœur. S'ils savaient, les pauvres !

La remarque de Claire fit rire Kelsey. Elle l'aimait beaucoup. Vraiment. Pourtant, sa soudaine tendresse pour son amie lui parut subitement suspecte. Le fait que Claire lui avait dit qu'elle ne plaisait pas à Gage et qu'il n'avait pas l'intention de la fréquenter plus que ça n'était-il pas à l'origine de sa bonne humeur retrouvée ?

— Je ne sais pas comment tu as pu faire, reprit Claire.

— Faire quoi ?

Gage s'était approché du Bobcat et, plié en deux, inspectait une des chenilles. Il avait les hanches et les cuisses moulées dans un jean usé qui faisait ressortir sa musculature. C'était un péché d'être aussi mince et aussi puissant à la fois. C'était un péché d'être aussi bien fait.

— Je ne sais pas comment tu fais pour partager une maison avec lui depuis quatre ans sans lui sauter dessus.

— Il n'y a pas que ça dans la vie.

Kelsey tourna le dos à la fenêtre. Si Claire avait été là, elle aurait vu qu'elle rougissait.

— Si tu peux vivre avec un homme comme Gage Walker sous ton toit pendant quatre ans sans lui sauter dessus et le pousser dans ton lit, c'est que tu es frigide, ma chère !

— Arrête, Claire ! C'est simplement que quand je suis avec lui, je ne pense pas à ça.

Elle ne pensait pas *toujours* à ça, mais depuis

quelque temps elle y pensait de plus en plus souvent.

— A quoi penses-tu alors ? Je ne vois pas comment on peut ne pas penser à ça quand on vit avec un homme pareil.

Le ton ahuri de Claire fit rire Kelsey.

— On ne t'a jamais dit que tu es une obsédée ?

— Je ne vois pas pourquoi les femmes n'auraient pas le droit, elles aussi, d'être des obsédées ! rétorqua Claire. C'est ça l'égalité entre hommes et femmes…

Lorsqu'elle raccrocha, quelques minutes plus tard, Kelsey souriait encore. C'était bien que Claire se soit installée tout près. Elle incarnait l'insouciance et la joie de vivre. « On va se voir souvent, maintenant », se promit Kelsey.

Après son mariage avec Rick, elle avait quitté le Minnesota, mais avait continué à correspondre avec Claire. Les lettres, malgré tout, ce n'était pas la même chose et elle avait fini par oublier, ou presque, combien Claire pouvait être drôle. Pour l'heure, son amie n'avait qu'une idée en tête, trouver un homme pour remplacer son comte italien et remplir le vide que leur divorce avait laissé.

C'était curieux comme en dépit de son esprit

aventureux et de son goût pour l'indépendance, qu'elle revendiquait haut et fort, Claire était incapable de vivre sans un homme. Son divorce à peine prononcé, elle se mettait déjà en chasse d'un autre compagnon. Et aussi longtemps que cet autre ne serait pas Gage, Kelsey lui souhaitait sincèrement bonne chance.

Elle se tourna de nouveau vers la fenêtre et regarda dehors. Claire avait raison, Gage était le prototype du bel homme. Il était grand sans être un géant. Il avait des cheveux noirs, très drus, qui donnaient envie d'y plonger les mains. Sa carrure était impressionnante. Tout naturellement, les femmes devaient être tentées de se blottir au creux de sa poitrine. Son regard bleu acier, en revanche, n'était pas rassurant. Ce qu'on y lisait était parfois inquiétant. Si le serpent avait regardé Eve avec des yeux pareils, il ne fallait pas s'étonner qu'elle ait croqué la pomme !

Gage vit Kelsey venir vers lui, une bouteille à la main. Il connaissait la couleur de ce liquide-là…

Il se pencha pour éteindre l'engin de terrassement. Le moteur toussa plusieurs fois avant de s'arrêter.

Il ôta sa casquette de base-ball, noire et brodée d'un insigne de Mickey Mouse — cadeau de Danny encore —, et la posa sur le levier de changement de vitesses. Alors seulement il descendit de sa machine.

— Tu me sauves la vie ! dit-il à Kelsey qui était arrivée près de lui.

Il lui prit la bouteille des mains et la porta à la bouche.

— J'ai pensé que tu devais avoir un peu soif.

Il s'arrêta de boire. La bouteille était déjà à moitié vide.

— Oui, un peu !

Il lui sourit et son sourire était si lumineux qu'elle pensa aussitôt à Claire. Elle avait raison. Cet homme était irrésistible.

— Qu'est-ce que tu penses de cet endroit, pour ta serre ?

La bouteille à la main, il fit de grands gestes pour lui montrer l'emplacement qui lui paraissait le plus approprié et dessina dans l'air le volume futur de la construction.

— Si tu es d'accord, je pense délimiter ce grand rectangle, juste là devant nous.

— C'est parfait, dit-elle, suivant des yeux la main plutôt que le tracé fictif. Mais si j'avais su que ça te demanderait tant de travail, je ne t'en aurais même pas parlé. Tu vas y passer toutes tes vacances. Tu parles d'un repos, pour un homme d'affaires !

— Ce n'est pas grave, tu sais…

Il regardait le terrain avec une satisfaction non dissimulée.

— En général, je ne vois qu'une partie du travail que j'accomplis. Ça me change. C'est sympathique de travailler sur un projet plus modeste qui dure moins longtemps et dont je peux voir l'achèvement.

— Si je comprends bien, tu es en train de me dire que tu te régales ! Tu travailles dehors, en pleine chaleur, avec une machine qu'il faut des muscles de camionneur pour manœuvrer, et tu prétends que c'est le paradis ?

— Oui, absolument. Et puis, je suis bien payé…

Il agita la bouteille devant elle pour lui montrer à quoi il faisait allusion.

— Tu n'imagines pas ce qu'un homme serait capable de faire pour une bière fraîche, un jour de canicule.

Il pencha la tête en arrière et but une nouvelle gorgée.

Kelsey observa les mouvements de sa gorge puis

regarda plus bas. A la lisière du cou, une touffe de poils noirs et bouclés dépassait de l'encolure de son vieux T-shirt gris que la transpiration collait à sa peau.

« Il est vraiment très viril », pensa Kelsey, fascinée. Claire n'avait pas exagéré. S'il n'avait pas été un aussi bon ami...

— Au fait, ça s'est bien passé avec Claire, hier soir ? lui demanda-t-elle brusquement.

— Tu me l'as déjà demandé ce matin, je te ferai remarquer, répondit-il en abaissant sa bouteille.

— J'avais oublié que je t'ai déjà posé la question, prétendit-elle.

— Ce n'est pas grave, je peux répéter : oui, ça s'est bien passé.

— Excuse-moi, je suis un peu fatiguée, en ce moment. Et j'ai tendance à oublier ce qu'on me dit. Pourtant, je me suis couchée tôt, hier. Je ne t'ai pas entendu rentrer...

— Il devait être 0 h 30 ou quelque chose comme ça.

Elle aurait pu corriger. Il était exactement 0 h 58, à une poignée de secondes près. Non qu'elle les ait comptées, mais elle n'avait pas quitté son réveil du regard.

Les yeux rivés sur les chenilles du Bobcat, qui

semblaient beaucoup l'intriguer subitement, elle passa près de lui en le frôlant.

— C'est tout ? Je pensais que tu rentrerais plus tard.

— Dîner et cinéma, dit-il en haussant les épaules. On n'allait pas y passer la nuit.

— Je pensais que tu monterais chez elle prendre un dernier verre, comme on dit…

— Je ne sais pas pourquoi, mais j'ai l'impression de parler avec ma mère, tout à coup, dit-il, moqueur.

Kelsey rougit mais le regarda, malgré tout, droit dans les yeux. Elle avait assez tourné autour du pot. Elle allait attaquer bille en tête.

— Ce que je voulais te dire, Gage, c'est que si tu souhaites rentrer plus tard le soir ou même découcher, tu es libre. Ça ne me regarde pas.

— C'est bien ce que je disais, je parle avec ma mère !

Sous la moquerie perçait un petit quelque chose d'autre, qu'elle ne réussit pas à identifier vraiment. Ou peut-être qu'elle préféra ignorer.

— On n'en a jamais parlé avant et on a eu tort, insista-t-elle. A dire vrai, je n'y avais jamais pensé, mais ça m'a sauté à l'esprit hier soir. Le fait que tu habites ici, quand tu reviens aux

Etats-Unis, ne doit pas t'empêcher de vivre ta vie comme ça te chante.

— C'est trop aimable. Je te remercie.

— Tu plaisantes, mais tu ne réponds pas.

— Moi ?

— Oui, toi ! Tu vois bien que tu fais la sourde oreille pour gagner du temps.

— Si tu le dis !

— C'est sérieux, Gage. Je ne voudrais pas que tu t'imagines que je t'impose des horaires pour rentrer ou je ne sais quoi…

Il y eut un silence qui dura trop longtemps pour ne pas devenir embarrassant. Gage choisit de le briser par un trait d'humour.

— Maman me donne la permission de nuit ?

La jeune femme se sentit rougir comme une pivoine. Elle le maudit intérieurement d'avoir un tel effet sur elle.

— Ce n'est pas ce que je voulais dire. Cesse de te moquer de moi !

— Ah bon ? J'avais cru comprendre que tu me donnais, à mots couverts, l'autorisation de coucher avec ton amie Claire.

— Pas Claire ! Enfin, pas spécialement avec Claire. Je voulais dire… heu… je ne voulais pas que…

Elle ne savait plus ce qu'elle voulait… ou ne voulait pas. Incapable de le regarder en face, elle fixa son cou, là où, sous le hâle, saillait une veine bleue. Bon sang de bon soir ! Pourquoi s'était-elle engagée sur ce terrain miné ? Pourquoi s'était-elle crue obligée de se lancer dans cette conversation, dont elle ne savait plus comment sortir. Avait-elle besoin de lui dire qu'il était libre de mener sa vie à sa guise, sans se soucier d'elle et de Danny ?

— Tu sais ce que je veux dire, marmonna-t-elle comme il tardait à répondre. Tu as très bien compris !

— Je crois que je vois assez bien, en effet…

Il avala le reste de sa bière et reposa la bouteille sur son engin. Puis, les pouces dans les passants de son jean, il l'observa.

Elle leva les yeux vers lui puis, gênée par son regard perçant, les détourna très vite. Il semblait si grand, si viril, et si en colère… Quelle idée elle avait eue de lui dire une chose pareille !

— Ce que tu es en train de m'expliquer, c'est que si je veux m'envoyer en l'air avec une femme — que je ne connais même pas —, il n'est pas nécessaire que je t'appelle pour t'informer que je rentrerai tard ou que je ne rentrerai pas du tout ! J'ai carte blanche, en somme.

A la honte s'ajouta bientôt la peine. Kelsey se sentit tour à tour rougir et pâlir... Elle n'aurait su dire lequel des deux, du sarcasme ou de l'image de Gage dans le lit d'une autre femme, la faisait le plus souffrir. Une chose était sûre, il avait mis le doigt là où ça faisait mal.

— Ce n'est pas ce que j'ai voulu dire, grommela-t-elle, mentant effrontément.

C'était exactement ce qu'elle avait voulu dire, au contraire !

— Maintenant, la suite, c'est quoi ? plaisanta-t-il. Un cours sur l'importance des préservatifs ?

Vexée, elle haussa les épaules.

— Tu vas peut-être aussi me mettre en garde contre les dangers qu'il y a à faire l'amour au XXIe siècle ? Sida et autres M.S.T...

Il fit une grimace. Il se moquait, mais son ironie cachait, en vérité, du dépit et de la colère. Si Kelsey lui suggérait, comme elle venait de le faire, de coucher à droite et à gauche et de faire l'amour avec n'importe qui, c'était que cela lui était indifférent. Et si cela lui était indifférent, c'était qu'il ne comptait pas tant que ça pour elle.

— Si tu as compris que je te pousse à passer la nuit dehors avec n'importe quelle fille, c'est ce que je me suis mal exprimée, protesta-t-elle.

Non, ce que je voulais te dire c'est que je ne... que ce n'est pas... oh, et puis zut ! Rien, je n'ai rien voulu dire. Je m'y prends trop mal.

Elle fixa ses pieds. Ils étaient couverts de poussière.

— Qu'as-tu voulu dire, alors ?

Devant l'embarras de la jeune femme, Gage ravala colère et sarcasme. Elle avait l'air si fragile brusquement, avec sa queue-de-cheval serrée haut sur la tête et d'où s'étaient échappées quelques mèches folles qui bouclaient sur son cou. Elle avait l'air si malheureuse.

Mon Dieu, comme elle était attendrissante !

Soudain, tout ce qu'il avait éprouvé quand il lui avait pris la tête dans les mains et que ses cheveux avaient filé entre ses doigts, soyeux, fins, doux, lui revint à la mémoire. Un an et demi après, le souvenir était toujours aussi présent, aussi vif. Aussi troublant.

Sa colère était complètement retombée. Comment avait-il pu, ne serait-ce qu'une seconde, être fâché contre elle ?

— Ce que j'essaie de te faire comprendre, reprit-elle en soupirant, c'est que tu as ta vie et que tu ne dois pas tenir compte de Danny et de moi. Je crois que j'ai été très égoïste, toutes ces années passées. Tu t'es montré tellement chic envers nous, tu m'as donné tellement d'argent… J'ai abusé de ta gentillesse.

— Je n'ai fait que payer mon loyer.

— Tu as bricolé dans la maison.

— J'habite ici, moi aussi.

— Tu t'occupes de Danny.

— Ce n'est pas un supplice.

— Et maintenant tu me construis cette serre. Tu parles de vacances !

— Saint Gage, priez pour nous ! dit-il en éclatant de rire. Tout le monde m'appelle comme ça, maintenant.

C'était agaçant d'entendre Kelsey dire qu'il se sacrifiait. S'il passait du temps avec Danny, c'était que Danny était un petit compagnon charmant et que cela lui faisait plaisir. Quant au bricolage, il aimait arranger la maison. C'était satisfaisant de suivre un travail de A à Z, même s'il ne s'agissait que de remplacer une porte de placard.

— Je ne voudrais pas que tu penses que je pense que Danny et moi avons un droit sur toi, sous prétexte que tu vis sous notre toit. De la même façon, je ne voudrais pas que tu te croies obligé de me rendre des comptes, ni de me prévenir, si tu décides un jour de passer toute la nuit avec…

Elle hésita, reprit son souffle.

— … Si tu décides un soir de passer toute la nuit dehors. Je ne suis pas ta mère poule.

Gage ne lui rendit pas son sourire. Sans qu'il comprenne pourquoi, cette conversation l'irritait. Il se doutait du message qu'elle essayait de lui faire passer. Elle voulait qu'il se sente tout à fait à l'aise. Un autre homme aurait certainement apprécié ses efforts. Pas lui. Pas du tout. Qu'elle lui permette de sortir avec d'autres femmes, et même de coucher avec elles, lui mettait plutôt les nerfs en pelote.

Il reprit, articulant distinctement chaque syllabe :

— Si je comprends bien, tu es en train de me dire que si je sors un soir et ne reviens pas de la nuit tu ne t'inquiéteras pas, c'est bien ça ?

Elle ouvrit la bouche pour dire « non », mais la referma sans rien dire. A sa mine, Gage vit qu'il l'avait blessée. Sans doute sa remarque lui rappelait-elle la nuit où Rick s'était tué en voiture ?

— Excuse-moi, dit-il, regrettant sa bévue.

— Non, je ne m'inquiéterai pas, dit-elle doucement. Et même si je m'inquiétais, qu'est-ce que ça peut te faire ? Ce n'est pas ton problème. Tu n'as pas de compte à me rendre.

— En conclusion, je n'ai pas à m'inquiéter. Tu n'appelleras pas les commissariats ni tous les hôpitaux de la région, si je ne rentre pas à l'heure. Je peux m'amuser, l'esprit tranquille…

Il se tut. C'était suffisant. Il avait fait mouche.

— Je vois que je t'agace, excuse-moi, dit-elle après un moment de silence. Ce n'était pas le but.

— J'en suis sûr. Sache quand même que j'apprécie que tu te soucies de ma vie amoureuse, mais que ce n'est pas nécessaire. Je suis assez grand pour la gérer tout seul.

— Tu ne me dis pas de me mêler de mes affaires ?

— Mêle-toi de tes affaires, dit-il avec un sourire désarmant.

Elle haussa les épaules.

— Si on oubliait cette conversation ?

— Quelle conversation ?

Elle rit et tout ce qui avait précédé, sarcasme, défiance, cruauté, disparut comme par enchantement.

Quand Kelsey reprit le chemin de la maison, Gage la regarda remonter l'allée. Pourquoi s'intéressait-elle subitement à sa vie nocturne ?

Fasciné par le balancement de ses hanches, il

la suivit longtemps du regard. Elle avait de très jolies jambes qui émergeaient d'un petit short rose. Certes, elle était petite mais bien faite, avec de jolies rondeurs juste là où il fallait.

Détournant les yeux de sa silhouette, il remonta sur son engin, pensif. Kelsey était une femme attirante, mais elle était avant tout la femme de son meilleur ami.

Il ne devait jamais l'oublier.

Chapitre 7

La semaine qui suivit cette conversation — qu'elle estima digne d'un dialogue à la Ionesco — fut particulièrement chargée pour Kelsey. Et ce fut tant mieux. La jeune femme put penser à autre chose qu'à la vie nocturne de Gage. La mi-juin était la haute saison pour les récoltes, mais aussi pour les mauvaises herbes, qu'il fallait une patience d'ange pour arracher. Le jardin regorgeait de légumes, et l'entretenir, arroser, désherber, récolter, lui prenaient tout son temps. Heureusement, elle adorait son métier.

Comme si ces activités ne l'occupaient pas suffisamment, il y avait le voyage de Danny à préparer. Tous les étés, depuis quatre ans, ils avaient, elle et lui, pris l'habitude d'aller rendre visite à ses parents, dans le Minnesota. Mais cette année, avec la construction de la serre et le jardin qui donnait plus que d'habitude, Kelsey ne voyait pas comment elle pourrait s'absenter quinze jours. Comme elle ne voulait pas priver ses parents de leur petit-fils, elle avait décidé qu'il irait seul.

Au départ, cela lui avait semblé une bonne idée. Danny avait six ans maintenant et il était très raisonnable pour son âge. Et puis il n'allait pas vraiment voyager seul. Elle le confierait à une hôtesse qui le surveillerait pendant toute la durée du vol et ses parents l'accueilleraient à sa descente d'avion, à Minneapolis. Il n'y avait vraiment rien à craindre.

Et pourtant... Maintenant que le départ approchait, elle commençait à l'appréhender. Si Danny ne s'était pas fait une telle joie de voyager comme un grand et si, là-bas, il n'avait pas été attendu par ses grands-parents, qui allaient le gâter outrageusement, elle aurait tout annulé.

Gage les emmena à l'aéroport. Elle aurait été bien incapable de faire seule le trajet, trop occupée qu'elle était à retenir ses larmes. Avec cette insouciance propre à l'enfance, Danny jacassa pendant tout le trajet vers Los Angeles. Il était heureux et cela s'entendait. Revoir ses grands-parents l'excitait et l'idée de voyager seul ne l'inquiétait pas du tout. Au contraire.

Arrivés à l'aéroport, ils attendirent ensemble le

moment de l'embarquement. Quand on appela les passagers de son vol, Danny bondit de son siège comme s'il avait été propulsé par une fusée.

— Ça y est ! s'écria-t-il en se précipitant vers la porte.

Mais Gage le retint par le bras. Kelsey prit la main de son fils et le conduisit jusqu'au comptoir où l'hôtesse l'attendait.

— Tu me fais mal, dit-il à sa mère en essayant de dégager sa main. Tu me serres trop.

Elle lui serrait trop la main ? Si elle avait osé, elle l'aurait pris dans ses bras et aurait quitté l'aéroport avec lui en courant. Pourquoi avait-elle accepté de le laisser partir seul ? Pourquoi n'avait-elle pas dit à ses parents d'attendre les prochaines vacances, qu'elle puisse venir avec lui ?

— Ça va aller, la rassura Gage, alors que l'hôtesse emmenait son fils vers la passerelle télescopique. Il y a des milliers d'enfants qui voyagent ainsi chaque jour…

— Il est tellement jeune, murmura-t-elle. Si jamais il a peur et que je ne suis pas là, que va-t-il se passer ?

Comme s'il avait senti l'inquiétude de sa mère, Danny se retourna et lui fit de grands signes. Aussitôt, Kelsey éclata en sanglots.

Emu par son chagrin, Gage l'entoura de son bras et l'emmena dans un endroit tranquille.

— Ne t'inquiète pas, tout va bien se passer. Voyons, Kelsey… Il sera bien surveillé dans l'avion et va être gâté pendant tout le vol !

Il lui tapotait le dos pour tenter de la consoler.

— J'aurais dû l'accompagner.

— Il faut bien que tu t'occupes de ton affaire.

— Je sais mais ça ne devrait venir qu'après Danny.

— Le temps et les betteraves n'attendent pas, plaisanta-t-il.

D'habitude elle appréciait son humour mais, cette fois-ci, il tomba à plat.

— Je suis une mère en dessous de tout, dit-elle d'une voix sépulcrale. Je suis nulle !

Il fit mine de la gronder.

— Tu es nulle parce que tu envoies ton fils chez ses grands-parents qui ne vont pas savoir que faire pour le gâter ?

Elle hocha la tête et s'écarta de lui pour chercher un mouchoir dans son sac.

— Ce n'est pas pour ça, c'est parce que…

Sanglot.

— Parce que… je suis contente qu'il…

Autre sanglot.

— Qu'il soit loin pendant…

Nouveau sanglot.

— Un certain temps…

Elle essaya de reprendre son souffle.

— Pour souffler, tu comprends…

Elle renifla et fouilla dans son sac avec davantage de frénésie.

— J'ai honte. Vouloir me débarrasser de mon fils de six ans, c'est indigne !

— Sauf si cette mère tient à garder sa santé et son équilibre mental. Avec un gosse aussi turbulent que Danny, il faut savoir se ressourcer de temps à autre, Kelsey.

Comme ça ne la faisait pas changer d'humeur, il tenta un autre registre.

— Ce n'est pas comme si tu l'avais envoyé travailler à l'usine. Tes parents ne vont pas le ficeler dans son lit et le mettre au pain sec et à l'eau, si ?

— N… non.

Elle renifla. Elle ne trouvait pas de mouchoir en papier, mais se souvenait d'avoir glissé une serviette de table en papier, toute froissée, dans le fond de son sac.

— Ils vont tellement le gâter qu'ils vont me le pourrir.

— Dans ce cas, je ne vois pas où est le problème.

Il enleva les mains de Kelsey de son sac pour chercher lui-même. Il en ressortit la vieille serviette de restaurant.

— Allez, mouche-toi. Et profite donc de l'aubaine ! Tu as deux semaines de liberté devant toi. Deux semaines pendant lesquelles tu ne vas pas avoir de cuisine à faire pour quelqu'un qui critique tes plats et trouve que le chef de McDo est le meilleur cuisinier du monde et que les sandwichs au jambon blanc sont le summum de la gastronomie. Allez, réveille-toi, que diable !

Enfin, il réussit à la faire rire.

— C'est vrai qu'en matière d'alimentation Danny n'est pas très curieux.

— C'est le moins qu'on puisse dire. Je crois que les cailloux ont plus de goût qu'il n'en a.

Il attendit qu'elle ait fini de se sécher les yeux et de se moucher, puis reprit :

— Ça va mieux maintenant ?

— Oui.

Elle esquissa un sourire. Un semblant de sourire.

— Tu dois me prendre pour une idiote.

— Absolument ! Mais tu as de la chance, j'aime bien les idiotes...

Il la prit par le cou et la tourna vers les grandes baies vitrées.

— On attend que l'avion ait décollé et on s'en va, d'accord ? Si tu veux, en rentrant, je t'invite à dîner dans un vrai restaurant avec argenterie et tout le grand jeu. Ça te dit ?

— De l'argenterie ? Pas du plastique ?

Cela faisait un siècle qu'elle n'avait pas dîné dans un restaurant chic. Elle ne connaissait plus que les repas à emporter servis, dans des boîtes en carton aux guérites des drive-in.

Etait-ce la perspective de s'attabler devant des mets raffinés, dans un restaurant digne de ce nom, ou le fait de sentir le bras de Gage sur ses épaules ? En tout cas, elle put regarder l'avion décoller sans verser un nouveau torrent de larmes. Mieux, elle pencha la tête vers la poitrine de Gage et se dit qu'elle avait une chance inouïe de l'avoir auprès d'elle.

Kelsey ne se rappelait pas avoir vu tant de monde dans sa cuisine. Il est vrai que Gage et ses frères avaient des carrures telles que peu de pièces devaient être assez vastes pour les contenir tous ensemble !

Keefe, Cole, Sam et sa femme, Nikki, étaient

arrivés en tout début de matinée pour aider Gage à monter la serre. « On va le faire à la mode d'autrefois », avait précisé Gage à Kelsey, en lui faisant part de son projet. La jeune femme avait été très touchée que la famille Walker, presque au grand complet, accepte de sacrifier son week-end pour elle.

Peut-être la serre n'était-elle qu'un prétexte ? La perspective de passer un week-end à la campagne était sans doute ce qui les avait réellement motivés, car ils n'avaient aucune raison de vouloir l'aider. Après tout, ils la connaissaient à peine.

Leurs tasses de café à la main, ils discutaient, debout dans la cuisine, de la meilleure technique pour accomplir le travail. Elle qui s'imaginait qu'il n'y avait qu'une seule manière de monter une serre, elle se trompait complètement ! A les entendre, il en existait au moins quatre.

— Je dis qu'il faut assembler les côtés par terre et ensuite seulement les positionner, dit Cole.

Blond aux yeux bruns, il ne ressemblait à Gage que par la taille et la silhouette.

— Il vaut mieux que tu restes aux commandes de ton Boeing ! Ne sois jamais entrepreneur, mon vieux, se moqua Keefe. Avec toi, la serre ne tiendra jamais debout.

— Puisque tu es si fort, rétorqua Cole,

montre-nous ce que tu sais faire. Tu es fermier, que je sache, et pas plus entrepreneur que moi. Il n'est question ni de vaches ni de veaux pour l'instant !

— N'empêche qu'on a construit une grange chez moi l'année dernière et qu'elle tient toujours debout !

Il but une gorgée de café en regardant Kelsey, qui le trouvait plutôt intimidant. Grand, comme ses frères, les yeux et les cheveux couleur chocolat noir, il était plus réservé que les autres, un peu comme s'il avait voulu maintenir une certaine distance entre lui et le reste du monde.

— Une grange ne fait pas de toi un Frank Lloyd Wright, répondit Sam en riant.

Keefe donna un coup de menton en direction de son frère.

— Les flics suivent des formations pour monter des granges maintenant ? Ça se saurait !

— Je n'ai peut-être pas d'expérience en matière de construction de grange, mais à l'Académie de police on nous apprend à résoudre des énigmes. Aucun d'entre vous ne peut en dire autant.

— Hou… hou… hou, huèrent les trois autres frères.

Pas vexé pour autant, Sam reprit :

— Vous m'en voulez parce que je suis l'aîné. Quelque part, ça vous dérange.

— Ce n'est pas parce que tu es l'aîné que tu nous agaces, c'est parce que tu es odieux. Point ! lança Gage.

— Jalousie pure, déclara Sam, faussement attristé.

Il jeta un coup d'œil à sa femme, qui se tenait à l'autre bout de la pièce et écoutait.

— Tu vois un peu qui je fréquente !

— Tu es un pauvre malheureux et je te plains, compatit Nikki. Je suis d'accord avec toi, ils sont un peu… Comment dirais-je ?… Lourds ?… Envahissants ? Disons qu'ils ont beaucoup de présence.

— Tu as raison, convint Kelsey en riant.

C'était la première fois qu'elle rencontrait Nikki Walker, mais elle l'aimait déjà.

— Un frère Walker, c'est déjà beaucoup. Mais alors, quatre ! Ça fait trop de testostérone dans un espace aussi confiné… Brrrr…

Les bras croisés sur la poitrine, elle fit semblant de frissonner.

— Si le ministre de la Santé voyait ça, je pense qu'il leur interdirait de se réunir à plus de deux !

Les yeux verts de Nikki pétillaient d'humour.

— Il les obligerait sûrement à porter un écriteau sur la poitrine, du genre : « Danger. En cas d'exposition prolongée, risque de palpitations et d'étourdissements. » Je sais de quoi je parle !

Elle lança un regard en coin à son mari, qui rit. Gage, à l'écart, était resté de marbre. Kelsey le regarda. Nonchalamment appuyé au comptoir, il écoutait ses frères discuter.

Des étourdissements et des palpitations ? C'était exactement ce qu'elle ressentait quand elle le voyait ou se trouvait en sa présence. Il dégageait quelque chose de tellement viril qu'elle se troublait chaque fois qu'elle le sentait approcher d'elle. Rien que ses yeux bleus ! Ces yeux bleu électrique saisissants. Ils avaient de quoi perturber la femme la plus sage. Sans parler de son corps d'athlète ! Il aurait certainement inspiré à Michel-Ange sa plus belle statue.

Remarquant que Nikki l'observait, Kelsey cligna des yeux et regarda ailleurs. La femme de Sam avait l'air amusée. Histoire de se donner une contenance, Kelsey prit la cafetière et se détourna. Nikki pouvait imaginer ce qu'elle voulait. Le fait de regarder Gage ne voulait pas obligatoirement dire ce que Nikki supposait. Les gens avaient beau croire ce qu'ils voulaient, un homme et une femme pouvaient très bien être amis. Même quand l'homme était sublime et avait un sourire dévastateur.

— Tu te trompes de bout en bout, lança Gage d'un ton cinglant.

Kelsey et Nikki, qui ne suivaient plus la conversation, se tournèrent vers lui.

— Qui a dit ça ? tonna Cole.

— Moi. J'ai déjà tout prévu. Dès que vous serez prêts, les gars, on pourra commencer au lieu de discutailler inutilement.

Il but son café d'un trait et reposa sa tasse sur le comptoir.

— Je ne vois pas pourquoi ta méthode prévaudrait, dit Sam.

— Justement, si. J'ai construit plus de ponts que vous tous, répondit Gage.

— D'accord. Mais, autant que je sache, on n'est pas là pour construire un pont ! Et une serre, ce n'est pas la cousine germaine d'une passerelle !

— C'est exact.

Gage hocha la tête d'un air de mépris. Ce que Keefe venait de dire ne l'effleurait pas.

— De toute manière, j'ai quelque chose de

plus que vous, outre mon intelligence et ma séduction, bien entendu…

Le concert de protestations qui suivit fit rire les deux jeunes femmes.

— Oui, on sait : tu as les chevilles qui enflent ! rétorqua Cole.

— Possible. Mais je parlais d'autre chose encore.

— La grosse tête ?

Gage les toisa, un sourire énigmatique aux lèvres, puis prit la grosse enveloppe qu'il avait posée près de lui, sur le comptoir.

— Le mode d'emploi du constructeur pour le montage !

Il faisait très chaud.

— Tu as vu la température ? demanda Gage à Cole. Il fait au moins quarante degrés à l'ombre.

Vautré dans une chaise longue, Cole jeta un coup d'œil au thermomètre, accroché au mur de la terrasse.

— Non, trente-cinq, corrigea-t-il.

— Je suis sûr qu'il fait plus que ça, insista Gage. Pour que je sois crevé comme ça, il doit faire au moins quarante.

— Tu n'aurais peut-être pas dû reprendre de tarte aux fraises, suggéra Keefe, qui avait du mal à ouvrir les yeux. Quand on mange trop, on devient ramollo.

— Ça te va bien de dire ça ! Combien de sandwichs est-ce que tu as avalé ?

— C'est la faute de Kelsey. Ils étaient trop bons.

Allongés dans des transats, les trois frères se reposaient à l'ombre du vieux chêne. Pendant ce temps, main dans la main, Sam et Nikki faisaient le tour du potager et s'extasiaient devant les tomates cerises qui grimpaient sur des tuteurs d'un bon mètre de haut.

On était dimanche après-midi et le montage de la serre était pour ainsi dire achevé. Un jour et demi de travail intense avait mis l'équipe sur les genoux, mais les frères Walker étaient satisfaits du résultat. « Saine fatigue », avaient-ils conclu.

— Kelsey cuisine toujours aussi bien ? demanda Cole.

— Elle adore préparer des petits plats.

— C'est une chance, alors, que tu ne sois pas là toute l'année, Gage. Avec des repas pareils, tu pèserais au moins cent cinquante kilos.

Personnellement, je me sens comme une dinde farcie qu'on va enfourner.

— Personne ne t'a forcé à engloutir le dernier sandwich, fit remarquer Keefe.

— Tu n'as rien refusé, toi non plus !

— Je ne suis pas fou.

Keefe hocha la tête.

— Je ne sais pas faire cuire un œuf et Jace est capable de faire brûler de l'eau ! Alors on se nourrit de plateaux-télé qu'on achète tout prêts. Tu comprends pourquoi j'en ai profité. Ce sont peut-être les derniers repas dignes de ce nom que j'absorbe jusqu'à Thanksgiving.

— Tu devrais emporter un *doggie bag* pour Jace, suggéra Gage.

Jace Reno était associé avec Keefe dans le ranch de l'As Volant.

— Il ne vaut mieux pas. Une bouchée de sa blanquette à l'ancienne et Jace serait capable de débarquer ici et de la demander en mariage !

— Je ne comprends pas qu'il n'y ait pas quelqu'un qui l'épouse, dit Cole. C'est un crime qu'une femme qui cuisine aussi bien ne soit pas mariée.

— Vous savez que vous êtes complètement dépassés, les gars, fit Gage, visiblement offusqué. C'est fini ce temps-là. Aujourd'hui un homme n'épouse plus une femme parce qu'elle cuisine bien.

Cole et Keefe échangèrent des regards en coin.

— Et pourquoi pas ? s'écrièrent-ils en chœur.

Incapable de savoir si ses frères plaisantaient, Gage haussa les épaules.

— C'est fichu pour vous, en tout cas, vous êtes irrécupérables. Je vous rappelle quand même qu'on est au XXIe siècle.

— Arrête de te leurrer, mon vieux, XIXe ou XXIe siècle, les hommes cherchent toujours les mêmes choses chez les femmes. De bons petits plats…

— Et du sexe, compléta Cole.

— Qu'est-ce que vous faites de la nourriture intellectuelle ?

— Si j'ai besoin d'être stimulé intellectuellement, je regarde la « Star Ac » à la télévision, pouffa Cole.

— Et comme compagnie, vous avez quoi ?

— En ce qui me concerne, je la trouve auprès de mes chevaux, répliqua Keefe.

— Et les enfants ?

— J'ai Mary, répondit Cole. Une gosse, c'est bien assez !

— J'en emprunterai un, si jamais le besoin de paternité frappe à ma porte, se moqua Keefe.

— Donc, pour vous, une femme c'est tout juste bon à faire la cuisine et l'amour ? leur demanda Gage.

— Heu...

Les sourcils froncés, l'air de réfléchir profondément, Cole lança un regard à Keefe.

— Ce n'est pas mal non plus d'avoir quelqu'un à la maison pour faire le ménage...

Un grand silence plana sous le chêne, puis un énorme éclat de rire secoua les trois frères.

— Si maman nous entendait tous les trois ! dit Gage en pouffant.

— Il ne faut surtout pas lui dire !

Cole fit semblant de trembler de peur.

— Elle nous rincerait le bec à coups de Paic Citron !

— Pire, elle nous regarderait comme ça, fit Keefe en imitant leur mère.

Le regard de leur mère, quand elle était mécontente d'eux, avait toujours suffi à les recadrer, même dans leur période la plus rebelle. Dans ces moments-là, ils auraient fait n'importe quoi pour effacer la tristesse et la déception affichées sur son visage. Elle n'avait jamais eu à lever la main sur eux. Son regard suffisait.

Cole frissonna.

— Tout plutôt que ça !

— Que ça quoi ? fit Sam qui les rejoignait.

— Gage menace de dire à maman qu'elle a élevé un quatuor de sinistres sexistes, lui expliqua Keefe.

Il se poussa pour lui faire un peu de place.

— Tu as toujours été un mouchard.

Sam fit un clin d'œil à Gage.

— Moi ? Qui a dit à papa que Cole et moi étions sur le toit du garage ?

— C'était pour vous empêcher de vous tuer, espèces d'abrutis !

— Après la trempe qu'on a reçue, il ne nous restait plus de peau sur les fesses, dit Cole, que ce souvenir faisait rire maintenant.

— Alors ? C'est quoi ces accusations de sexistes ?

— Cole et moi faisions remarquer à Gage que le grand intérêt du mariage, c'est d'avoir quelqu'un à la maison qui prépare les repas, fait le ménage et, à l'occasion, l'amour.

— Tu as oublié de parler de la lessive et du repassage, ajouta Cole.

— Moi, je ne suis pas d'accord avec eux, évidemment. Je prétends qu'il y a des hommes qui cherchent autre chose dans le mariage, dit Gage. Et heureusement!

— Quoi d'autre ? relança Sam, jouant l'étonnement.

Cole et Keefe éclatèrent de rire. Gage, qui avait perdu tout humour, grommela que la femme était l'égale de l'homme et que les travaux ménagers ne lui étaient pas réservés.

— Si jamais l'un de vous s'amuse à raconter des trucs pareils à Nikki, je le menotte sur-le-champ! les menaça Sam.

— Pourquoi? Tu as réussi à lui faire gober que tu es un homme moderne?

— Oui. Parfaitement!

Sam chercha Nikki des yeux. Elle bavardait avec Kelsey sur la terrasse.

— Il ne faudrait pas qu'elle découvre la vérité avant notre premier anniversaire de mariage!

A son regard, ses frères comprirent qu'il plaisantait. C'était visible, ces deux-là s'adoraient.

Keefe le titilla de la pointe de sa botte.

— Allez! Tu la garderais même si elle faisait mal la cuisine, avoue!

— C'est le cas! Elle est absolument nulle devant des casseroles! Heureusement, Lena s'en charge.

Lena faisait à la fois office de cuisinière, de

femme de ménage et, à l'occasion, de mère. Nikki la connaissait depuis qu'elle était toute petite, car Lena avait toujours servi dans sa famille.

Ils fermèrent les yeux et se turent. Ils avaient toujours été très proches tous les quatre. Leur père, Damien Walker, officier de police, avait été tué dans l'exercice de ses fonctions. Son fils aîné, Sam, avait alors douze ans ; Cole, le cadet, sept. Le drame avait resserré les liens entre eux et ils étaient restés très unis depuis.

Ce fut Cole qui brisa le silence.

— Non seulement elle cuisine comme un chef, mais elle a une paire de jambes à faire saliver n'importe quel homme.

— Qui ? demanda Gage, d'un ton faussement innocent.

Comme ses frères, cela faisait un moment qu'il admirait, sous ses paupières à moitié closes, les jambes de Kelsey.

— Kelsey. Tu ne vas pas me faire croire que tu n'as pas remarqué ses jambes ?

Gage haussa les épaules et ne répondit pas.

— Si tu n'as pas remarqué, tu ferais bien de faire vérifier ta vue, enchaîna Keefe d'un ton moqueur.

— Kelsey est une amie, dit Gage.

— Oui, et alors ?

— Moi aussi, c'est mon amie et ça ne m'a pas empêché de remarquer qu'elle a de belles jambes.

— C'est la femme de Rick…

La phrase à peine lâchée, Gage la trouva ridicule et regretta de l'avoir prononcée.

— Je te signale que ça fait quatre ans que Rick est mort, fit remarquer Keefe.

— Oui, je sais…

Il haussa les épaules et se redressa dans son transat. Bien sûr qu'il savait que Rick était mort. Bien sûr qu'il savait que cela faisait quatre ans. Bien sûr qu'il savait que Kelsey était sa veuve et non plus sa femme. Mais voilà, pour lui, elle était toujours la femme de Rick, comme s'ils étaient toujours mariés. Elle était donc intouchable.

Se sentant subitement mal à l'aise, il prit le verre qu'il avait posé par terre près de sa chaise longue et le regarda, comme surpris de le découvrir vide.

— Je vais me servir une autre limonade et je me remets au boulot, dit-il.

Amusés, ses frères le regardèrent s'éloigner. Cole fit un clin d'œil à Sam et à Keefe.

— A votre avis, c'est vrai qu'il n'a pas remarqué les jambes de Kelsey ?

— Mais si, bien sûr, il les a vues ! affirma Sam.

— Je pense même qu'il connaît Kelsey par cœur, ajouta Keefe en suivant son frère des yeux. Mais vous le connaissez, c'est M. la Pudeur.

Gage poussa la porte à moustiquaire et entra dans la maison.

Bien sûr qu'il avait remarqué les jambes de Kelsey. Longues, fuselées, bronzées, seul un aveugle ne les aurait pas vues ! D'autant qu'elle portait la plupart du temps un short en jean coupé très court, au ras des fesses.

Agacé par les sarcasmes de ses frères, il ouvrit le réfrigérateur d'une main nerveuse et regarda dedans. Il était plein, mais lui ne vit rien qu'un petit bout de tissu bleu délavé qui moulait un joli fessier rond d'où partait une paire de jambes satinées, incroyablement longues pour une femme aussi petite.

Pestant contre ses frères qui lui faisaient tourner la tête, il claqua la porte du réfrigérateur. Ce Cole ! Pourquoi s'était-il cru obligé de parler des jambes de Kelsey ? Il devait bien se douter qu'il les avait remarquées ! Et d'ailleurs, de quel droit son frère les avait-il regardées ?

Un éclat de rire, au loin, le fit se retourner. Kelsey et Nikki s'étaient approchées du grand chêne où ses frères faisaient la sieste et elles riaient avec eux. Assise sur les genoux de Sam, les bras autour de son cou, Nikki offrait l'image même de la félicité conjugale. Cole s'était levé. Il avait quitté sa chaise longue pour s'approcher de Kelsey, qui riait de bon cœur de ses plaisanteries. Porté par la brise, son rire joyeux et léger parvenait jusqu'à lui.

Agacé, il se dirigea vers la porte dans l'intention de mettre un terme à… A quoi au juste ? Il s'arrêta pour réfléchir. Pour mettre un terme au numéro de charme de Cole.

Cole et Kelsey ? Ensemble ?

Il serra les dents et s'efforça de refouler cette pensée. Mais elle était tenace.

Cole et Kelsey. Son frère et la femme de son meilleur ami. Pourquoi pas après tout ? A sa connaissance, Cole n'avait pas eu d'aventure sérieuse depuis son divorce, quelque cinq ans plus tôt. En tant que père élevant son enfant en solo, il se gardait de ramener des femmes à la maison. Il était inutile que Mary s'attache à une personne qui risquait de sortir de leur vie aussi brutalement que l'avait fait sa mère. Kelsey ferait une mère admirable pour Mary, tout comme Cole ferait un père formidable pour Danny. On ne pouvait que le reconnaître, c'était une bénédiction que ces deux-là se soient trouvés. On ne pouvait que s'en féliciter.

« Allons Walker, tu devrais être heureux pour eux », se dit-il.

De l'arbre sous lequel se trouvait le groupe monta un nouvel éclat de rire. Gage ragea de plus belle.

« Kelsey qui rit, Kelsey qui se marie… Mais pas avec Cole ! »

Il hocha la tête, poussa la porte à moustiquaire et sortit sur la terrasse. C'était sûr, il était resté trop longtemps au soleil. Il devait souffrir d'insolation.

Chapitre 8

Kelsey ouvrit les bras en grand comme pour étreindre la structure de verre et de bois dont les contours se découpaient en ombre chinoise dans l'éclat de la pleine lune.

Elle avait sa serre. Enfin!

Deux jours pleins de travail, et les frères Walker avaient bâti pour elle l'objet de ses rêves. Avec ses airs de bateau viking renversé, la quille en l'air, les flancs renflés et arrondis, la construction brillait, presque luminescente.

Il restait encore les finitions : des bat-flanc à construire, le chauffage et la ventilation à installer, ainsi qu'un système d'arrosage automatique. Elle avait hâte que tout cela soit terminé : les projets fourmillaient dans son esprit.

— Qu'est-ce que tu fais?

C'était Gage. Kelsey se retourna et plaqua la

main sur sa poitrine, pour calmer les battements affolés de son cœur.

Une fois remise de sa surprise, elle lui sourit.

— Je regardais la serre, répondit-elle, gênée d'avoir sursauté.

— A 3 heures du matin ?

Il réprima un bâillement.

— J'étais trop excitée ; je n'arrivais pas à dormir, mentit-elle.

— C'est encore un peu tôt pour faire tes plantations, tu ne trouves pas ?

La porte à moustiquaire grinça sur ses gonds quand il la laissa retomber et avança sur la terrasse.

— Je sais, mais ça ne va pas tarder.

Elle se tourna de nouveau vers la serre. Elle la voyait déjà regorgeant de plants.

— Une partie sera replantée dans le jardin, les autres seront vendus. J'essaierai peut-être aussi de me mettre aux plantes d'intérieur, que je vendrai au marché. Les idées ne me manquent pas.

— C'est ce que je vois ! Tu es pire qu'un homme d'affaires qui cherche sans cesse à gagner plus d'argent !

Elle rit pour tenter de se donner une contenance.

— Je suis devenue un vrai P.-D.G., on dirait. Sans compter que je suis aussi le trésorier, le jardinier en chef, la secrétaire, la vendeuse et le gardien de nuit !

— Si tu continues sur ta lancée, tu seras d'ici peu à la tête d'un empire. Aujourd'hui une serre, demain le commerce mondial.

La remarque amusa la jeune femme qui eut de nouveau un petit gloussement de rire, mais à la vérité, elle était gênée. Malgré ses efforts pour regarder ailleurs, elle était irrémédiablement attirée par la poitrine nue de Gage, ses épaules musclées, le duvet brun qui affleurait, au-dessus de la ceinture de son pantalon…

Elle s'obligea à lui tourner le dos, fixant la serre.

Allons ! Qu'est-ce qui lui arrivait ? Elle l'avait pourtant déjà vu torse nu ! Ce n'était pas la première fois. Si son pouls battait si vite, c'était sûrement à cause de la serre. Parce qu'elle était heureuse de l'avoir enfin.

— Je pense que je me contenterai de la vallée de Santa Ynez, répondit-elle. Je ne veux pas étendre mon activité au monde entier.

— Méfie-toi, la vallée de Santa Ynez est appelée à sombrer dans le Pacifique.

Elle lui sourit et, brusquement, son visage devint grave.

— Je ne te remercierai jamais assez, Gage. Ça me touche beaucoup, tu sais, que tes frères et toi ayez passé le week-end à monter cette serre.

D'un geste de la main, elle montra la toute nouvelle construction.

— Je n'arrive pas encore à y croire ! Tu n'imagines pas ce qu'elle représente pour moi !

— On s'est amusés, à faire ça tous les quatre ensemble…

C'était la vérité. Ça n'avait pas été un travail facile — cela avait même été un gros chantier —, mais il y avait pris plaisir et ses frères aussi. Mais, même à supposer qu'il ăit détesté ce travail, le bonheur qui se lisait dans les yeux de Kelsey l'aurait largement récompensé de cet effort.

Elle avait dans la nuit claire une beauté toute lunaire. Un halo d'argent auréolait ses cheveux blonds qui cascadaient en vagues souples sur ses épaules. Gage aurait aimé plonger les mains dedans et les sentir glisser entre ses doigts comme des fils de soie, mais il ne fallait pas. Il ne fallait pas risquer un geste qu'il aurait immédiatement regretté.

Pour mieux se retenir, il enfonça les poings dans les poches de son jean.

Kelsey portait un déshabillé léger, dans les tons vert et bleu, qui lui tombait aux chevilles et était serré à la taille par une ceinture. C'était tout simple. Sans doute l'avait-elle acheté parce qu'elle l'avait jugé confortable, sûrement pas comme accessoire de séduction.

Il l'avait déjà vu sur elle, mais il n'avait pas remarqué le décolleté qui dévoilait sa peau diaphane jusqu'à la naissance de ses seins. Il n'avait pas remarqué non plus la minceur de sa taille, ni la rondeur harmonieuse de ses hanches.

— Je suis content que ta serre te plaise, dit-il pour rompre le silence.

— Comment tu la trouves, sincèrement ?

— Magnifique...

Il flottait autour d'elle un doux parfum de fleurs, son shampoing sans doute, mêlé aux odeurs plus lourdes de la terre retournée et des essences de bois, ces bois qu'ils avaient utilisés pour le montage et l'assemblage de la serre.

Il serra encore plus fort ses poings dans ses poches.

« Attention, se dit-il, cette femme, c'est Kelsey. »

Il n'était pas censé noter son parfum, ni les courbes de sa silhouette. Il n'était pas censé penser à la douceur de sa peau, ni au goût de ses lèvres. Il n'était surtout pas censé penser à l'embrasser, ni l'imaginer étendue sur son lit, les cheveux en corolle sur l'oreiller, les yeux noyés de désir.

— Merci infiniment, Gage !

Incapable de contenir sa joie, elle posa la main sur son épaule et, se hissant sur la pointe des pieds, déposa un baiser léger sur sa joue.

Gage réagit aussitôt. Sortant les mains de ses poches, il les posa sur ses hanches et l'attira à lui. Ce n'était peut-être pas le geste à faire, mais c'était si bon !

« Tant pis ! pensa-t-il, approchant ses lèvres du visage de Kelsey. Tant pis ! »

Il lui effleura la joue puis frôla ses lèvres. Leurs regards se soudèrent, gris contre bleu. Le temps sembla s'arrêter. Leurs années de chaste amitié s'envolèrent d'un coup, laissant la place au désir. Un désir bouillonnant qu'ils nourrissaient depuis longtemps déjà, sans le savoir ou parce qu'ils n'avaient jamais osé se l'avouer.

Kelsey, haletante, empoigna Gage aux épaules.

Acceptant enfin d'assumer ce désir qui les taraudait, ils oublièrent toute idée du bien ou du mal. Peu importait qu'ils aient tort ou raison. Il avait envie d'elle. Elle avait envie de lui.

Une envie si puissante qu'une véritable onde de choc les parcourut tous les deux, comme une décharge électrique. Ils avaient dans les yeux le même désir, la même attente.

Kelsey se cambra, hanches pointées vers lui, souple, très souple, plus souple qu'un peuplier battu par le vent.

Encouragé par le regard de la jeune femme, Gage se pencha sur sa bouche et l'embrassa. Elle entrouvrit les lèvres et le laissa approfondir son baiser sans la moindre résistance.

Que c'était bon! Cela faisait si longtemps... Si longtemps qu'elle en avait envie, besoin. Cela faisait si longtemps qu'elle désirait cet homme.

Elle enfouit les doigts dans ses cheveux noirs et drus et l'attira à elle, regrettant de ne pouvoir le serrer plus encore contre sa poitrine, contre son ventre.

Combien de temps restèrent-ils ainsi, sous les rayons de la lune, dans l'air léger et pur de la nuit, fous de désir? Elle n'aurait su le dire. Affamé, Gage dévorait ses lèvres sans parvenir à calmer sa faim. Et elle, animée de la même ardeur que lui, ne parvenait pas non plus à assouvir son désir.

— Kelsey..., murmura-t-il, lâchant sa bouche.

A regret, protestant presque, elle s'écarta de lui et rouvrit les yeux.

— Gage ?

L'espace d'un éclair, il se dit qu'il fallait qu'il arrête, mais elle avait le regard langoureux, les lèvres entrouvertes déjà gonflées des baisers qu'il lui avait donnés... C'était trop tard. Il le savait. Le point de non-retour était dépassé.

Il ne pouvait plus faire machine arrière. Qu'importe ce qui arriverait ensuite. Qu'importe le prix qu'il faudrait payer. Cela n'avait plus d'importance. Il s'en préoccuperait plus tard. Et tant pis si les regrets venaient aussi.

Kelsey vit l'éclat de son regard et prit peur. A quoi pensait-il ? Allait-il rompre la magie de cet instant ? Allait-il partir, les laissant tous les deux sur leur faim ? Allait-elle devoir passer cette nuit encore seule ?

Elle retint son souffle et attendit.

— Viens, dit-il.

Il se courba et la prit sous les genoux. Son regard était fiévreux.

Elle passa les bras autour de son cou et, la tête sur sa poitrine, écouta les battements de son cœur.

Traversant la maison plongée dans le noir, Gage l'emmena jusque dans sa chambre. Il dénoua la ceinture de son déshabillé, s'enjoignant au calme. Il ne fallait pas qu'il se précipite. Il fallait savourer chaque seconde de ce moment béni, chaque centimètre de ce corps qu'il allait dénuder peu à peu. Qui sait si ce ne serait pas la seule fois ? Mais le sang qui battait dans ses tempes l'empêchait de penser.

Il lui enleva le fin vêtement et, malgré son désir fou de la prendre sur-le-champ, s'arrêta pour l'admirer. La lampe de chevet allumée près du lit la baignait de lumière rose. Kelsey était la perfection incarnée, la femme personnifiée. Elle était divine et…

… et, enfin, elle était à lui !

Brusquement, la jeune femme le saisit par la ceinture et défit son jean. Il grogna, frissonna. Cette fois, s'il en doutait encore, c'était vraiment trop tard pour reculer. Plus rien n'importait que la posséder.

Sentant le corps de Gage contre le sien, Kelsey gémit. Il n'était pas chaud, il était brûlant. Peut-être avait-il de la fièvre ?

Il se tourna légèrement pour ouvrir le tiroir de la table de nuit et déchira un petit paquet de plastique.

Elle approuva son geste dans une vague conscience, mais, surtout, elle bouillait d'impatience. Elle le voulait en elle. Maintenant… Tout de suite…

Ondulant sous lui, elle ouvrit les jambes pour mieux enserrer ses reins.

— Doucement, lui dit-il, tentant de la calmer. Comme tu es impatiente !

— Maintenant, supplia-t-elle. Vite, Gage. Viens.

Elle chercha ses hanches et les empoigna, ses ongles déchirant presque sa chair.

— Maintenant. S'il te plaît, Gage, maintenant…

Alors il s'enfonça en elle, ouverte, offerte, lui donnant ce qu'elle réclamait, ce qu'ils attendaient tous les deux.

D'un coup de reins puissant, il plongea une deuxième fois en elle, dans sa tiédeur moite et sombre. Elle poussa un cri, se cambra de plaisir, s'offrant totalement jusqu'à ne plus faire qu'un avec lui.

Dans un ultime effort pour se dominer, Gage se retira et, appuyant son front sur l'épaule de Kelsey le temps d'une seconde, il tenta de reprendre ses esprits. Il pouvait encore s'arrêter, il aurait dû le faire, tout stopper. Il aurait dû… Mais…

Débordé par le désir, il se releva sur les

coudes et, brutalement, s'enfonça de toute sa longueur en elle, lui arrachant un nouveau cri. Plus calmement alors, il se mit à aller et venir dans sa chaleur humide.

Elle gémit. Il était dur, il était doux ; il était tendre, il était violent. Le plaisir, d'une intensité inouïe, finit par lui devenir douloureux. Elle se cambra, se cambra encore, gémit de plus belle et retomba enfin, haletante.

Gage la suivit dans le désordre de leurs sens enfiévrés, puis se laissa retomber sur elle en tremblant.

Le silence qui suivit sembla totalement incongru après le tumulte qui l'avait précédé. Kelsey sentit une langueur délicieuse l'envahir peu à peu. Sans force, sans volonté, la tête vidée, repue et comblée, elle ne sentait plus que le corps de Gage étendu sur le sien et son sexe qui pesait en elle. Et elle était bien. Elle plaqua la main sur son dos et le caressa. Elle aurait pu rester ainsi des heures, des jours, une éternité…

Une crampe dans une jambe l'obligea à remuer légèrement. Elle entendit Gage chercher son souffle. Elle bougea encore un peu.

— Gage…

— Kelsey…

*
* *

Gage sortit de sa torpeur un long moment plus tard. Appuyé sur un coude, il la regarda, puis se leva, lui arrachant un grognement de protestation. Il alla dans la salle de bains, revint et se glissa de nouveau dans le lit. Il passa un bras sous sa nuque et la serra contre lui. La tête dans le creux de son épaule, blottie contre lui, Kelsey resta ainsi sans bouger, savourant la douceur de cette intimité.

Gage caressa ses cheveux. Ils étaient soyeux et glissaient entre ses doigts comme des filets d'eau claire. Cela faisait des lustres qu'il ne s'était pas senti aussi détendu, aussi comblé.

— Kelsey ? appela-t-il doucement.

Elle ne répondit pas tout de suite. Il crut qu'elle faisait semblant de dormir et l'appela de nouveau. Cette fois, elle bougea la tête comme si elle avait voulu creuser un nid au creux de sa poitrine.

— Oui ?

La méfiance qu'il perçut dans sa voix le fit hésiter. Après ce qui venait de se passer avait-elle des regrets, des remords ?

Comment le savoir, sauf à le lui demander ? Mais avait-il seulement envie de savoir ?

Non, il préférait ne pas y penser. Bien sûr,

il y aurait des choses à dire, des choses dont il faudrait parler. Mais ce serait pour plus tard. Pour l'heure, ce qui comptait, c'était tenir Kelsey dans ses bras, savourer la tendresse de son corps serré contre le sien.

— Rien. Rien du tout.

— Bien, murmura-t-elle, les yeux toujours fermés.

Comprenant qu'elle ne voulait pas reprendre pied dans la réalité — pas encore —, il n'insista pas, se contentant de sourire aux anges, apaisé et heureux.

Peu à peu, la fatigue s'empara de lui.

Ils parleraient plus tard. « Promis juré », se dit-il. Oui, quand le jour serait levé, mais pas tout de suite…

Ses paupières se fermèrent et il sombra dans un sommeil réparateur.

Chapitre 9

Kelsey se réveilla doucement et à regret, avec la sensation qu'un poids inhabituel lui écrasait la poitrine. Les couvertures pesaient bien lourd, ce matin… Elle voulut les repousser, mais trouva à la place un bras d'homme, qui la clouait au lit. A demi inconsciente, elle posa la main dessus. Apparemment, Gage dormait à plat ventre, un bras sur ses seins.

Elle bougea avec précaution pour se dégager. Rick, lui, ne débordait jamais de sa moitié de lit. Il ne se serrait pas contre elle, la nuit, préférant avoir de l'espace pour dormir ; c'était d'ailleurs pour cette raison qu'ils avaient acheté un lit aussi grand et qui, selon elle, encombrait la chambre. Ils s'étaient d'ailleurs disputés un peu à ce sujet, elle arguant que, dans ces conditions, ils auraient aussi bien pu acheter deux lits jumeaux.

Ce souvenir lui fit plisser le front. Non,

vraiment, elle ne se rappelait pas s'être un jour réveillée avec Rick dans sa moitié de lit, encore moins avec son bras en travers de la poitrine.

Elle se força à ouvrir les yeux. Un regard bleu était penché sur elle. D'un bleu profond, électrique. Des yeux qui semblaient la transpercer et lire en elle jusqu'au tréfonds de son âme.

Gage…

Elle lui sourit. Se réveiller près de lui lui sembla la chose la plus naturelle du monde. Qu'il lui caresse les cheveux aussi.

Il se pencha pour l'embrasser et elle lui tendit ses lèvres. Aussitôt l'envie d'être prise l'envahit. Il était tendre et chaud contre elle, et lui aussi en avait envie, elle le sentait. C'était fantastique, ils allaient faire l'amour encore…

Mais, brusquement, son sixième sens l'avertit d'un danger. Elle se raidit, tendit l'oreille et, n'entendant rien, se décontracta. Tout allait bien… Ils étaient seuls tous les deux, seuls au monde. Amoureux.

— Kelsey ?

La voix, qui semblait provenir des entrailles de la terre, vibrait d'inquiétude.

— Kelsey, tu es là ?

Gage releva la tête et tendit l'oreille à son tour. Son imagination ne l'avait pas trompé.

Lui aussi avait entendu appeler. Il y avait bien quelqu'un.

Il l'interrogea du regard. Ses grands yeux bleus étaient fiévreux de désir.

— Je rêve ou…

La voix s'était rapprochée. Kelsey la reconnaissait. Pas de doute sur l'identité de leur visiteuse.

— C'est Marilyn, murmura-t-elle.

— La mère de Rick ?

L'arrivée du président de la République ne les aurait pas autant perturbés !

— La porte de derrière n'est pas fermée, dit-il.

— Zut ! Elle arrive justement toujours par ce côté-là.

D'un geste brusque, elle le repoussa.

— Reste calme ! Elle ne va pas venir jusqu'ici, quand même !

— Mais si ! Je l'entends… Je te dis qu'elle arrive…

— Kelsey ?

La voix se précisait. Cela ne faisait aucun doute, Marilyn approchait, elle était même tout près, probablement déjà dans le couloir. Sa voix semblait de plus en plus inquiète, mais surtout dangereusement proche.

Ne sachant trop que faire, Kelsey se leva et se

rua vers la porte — attrapant son déshabillé au passage — avec l'intention de stopper sa belle-mère dans le couloir, avant que cette dernière puisse la voir sortir de la chambre de Gage. Gage avait-il eu la même idée ou voulait-il seulement fermer derrière elle ? Toujours est-il qu'ils se retrouvèrent ensemble devant la porte entrouverte et se cognèrent violemment, perdant de précieuses secondes.

Déséquilibrée, Kelsey vacilla et Gage la retint par la taille.

— Kelsey ? appela de nouveau Marilyn Jackson. Ça v… ?

Le dernier mot resta en suspens. Devant elle, sur le seuil de la chambre, venaient de lui apparaître sa belle-fille et le meilleur ami de son fils, et dans une situation qui ne laissait guère de doute quant à son interprétation.

Horrifiée, la jeune femme battit des paupières et ferma les yeux. C'était peut-être moins gênant que si Marilyn les avait trouvés en train de faire l'amour, mais cela ne valait guère mieux. Il était clair qu'ils sortaient du lit. D'autant qu'ils étaient plutôt dévêtus. Elle avait réussi à passer son déshabillé, mais le col était roulé à l'intérieur et la ceinture mal nouée. Gage avait enfilé son jean en vitesse et remonté la fermeture Eclair, mais il ne l'avait pas boutonné. Sans compter qu'il avait attrapé Kelsey à bras-le-corps et lui écrasait les seins.

Aucun moyen de prétendre qu'ils venaient de se lever, chacun sortant innocemment de sa chambre, ni qu'ils étaient en train de faire le ménage !

C'était affreux ! Kelsey aurait payé cher pour se trouver à des milliers de kilomètres de là et ne pas avoir à affronter sa belle-mère, ni la scène qui n'allait pas manquer de s'ensuivre.

Mais ce fut visiblement Marilyn la plus gênée des deux.

— Je… je suis… désolée, bafouilla-t-elle, au comble du malaise. Les voitures étaient là. Tu n'as pas répondu quand j'ai sonné, alors… La porte de derrière était ouverte et je me suis inquiétée… J'ai pensé qu'il s'était passé quelque chose… Je ne voulais pas… Je suis navrée.

— Ne vous excusez pas, lui répondit Kelsey le plus sereinement qu'elle put. En fait, je n'ai pas entendu sonner.

Si, elle avait entendu. Du moins, elle avait dû entendre sans réaliser que c'était la sonnette. Sans doute même était-ce ce bruit qui l'avait réveillée.

— Nous étions… heu… j'étais…

A quoi bon mentir ? Il était tellement évident que Marilyn avait compris pourquoi elle n'avait pas répondu.

— J'ai frappé aussi, continua cette dernière, qui tenait absolument à justifier son intrusion. Bref... Je voulais te dire que Bill a téléphoné de Los Angeles. L'avion de Danny est arrivé un peu en avance. Ils ne vont plus tarder. Je voulais te prévenir. J'ai essayé de t'appeler, mais personne n'a décroché et le répondeur n'était pas branché.

Au nom de son fils, Kelsey éprouva un tel sentiment de culpabilité que son estomac se noua. Danny revenait aujourd'hui. Comment avait-elle pu oublier ? Et s'il les avait trouvés, Gage et elle, au lit ?

— Si on prenait un café ? proposa Gage, qui n'avait pas encore dit un mot.

— Je vais le préparer, dit Marilyn très vite, trop contente d'avoir une bonne excuse pour s'échapper.

Elle fit demi-tour et s'éloigna, marchant si vite qu'elle en trottinait presque, laissant planer un lourd silence derrière elle.

Ne sachant que dire, Gage regarda Kelsey. La jeune femme semblait décomposée. Mais peut-être pas autant que lui. Les Jackson avaient été sa deuxième famille tout le temps où Rick et lui avaient été amis. La seule situation qui aurait pu l'embarrasser davantage aurait été que sa propre mère le trouve au lit avec Kelsey.

— Kelsey...

Elle lui coupa la parole, avant même de savoir ce qu'il allait lui dire.

— Non.

— Quoi *non* ?

— Ce qui est arrivé est absurde, dit-elle.

Il se rembrunit et son cœur fit un bond dans sa poitrine. A quoi faisait-elle allusion ? A l'arrivée intempestive de Marilyn ou au fait qu'ils aient passé la nuit ensemble ?

Il ouvrait la bouche pour lui poser la question, quand elle reprit :

— La sonnette m'a réveillée, mais je n'ai pas réagi ; je n'ai pas réalisé que c'était ça.

— Fatiguée, sans doute.

Il n'insista pas. Il était 4 heures du matin environ quand ils s'étaient endormis la première fois, et puis il l'avait réveillée à l'aube et ils avaient refait l'amour, doucement, tendrement, en prenant tout leur temps pour apprécier chaque geste, chaque caresse, chaque mot doux, chaque soupir puisque la fougue les en avait empêchés la première fois.

Il vit Kelsey rougir. « Elle doit repenser à ce qui s'est passé », se dit-il. Et ce souvenir ne semblait pas lui procurer une grande joie, car elle avait l'air sombre.

Elle hocha la tête.

— Je pensais à Rick, dit-elle très bas, comme pour elle-même.

Gage réprima mal un mouvement de recul.

Elle pensait à Rick ? Quand ? Quand elle faisait l'amour avec lui ?

A cette pensée, il serra les poings et pâlit. Heureusement, perdue dans ses pensées, la jeune femme ne remarqua pas son air crispé, presque douloureux.

— Il faut que j'aille parler à Marilyn, dit-elle brusquement.

— Tu ne crois pas que nous devrions commencer par parler toi et moi ?

Au coup d'œil étonné qu'elle lui lança, il comprit qu'elle n'appréciait pas le ton cassant de sa réponse. Il inspira à fond et reprit, plus calmement :

— Nous n'avons pas eu le temps de discuter avant que ta belle-mère ne fasse irruption et…

Il fallait qu'il lui rappelle comment les choses s'étaient passées la veille au soir. Qu'il n'avait pas été tout seul à avoir envie. Qu'un désir fou les avait étreints tous les deux. Ensemble.

— Je sais, dit-elle se tordant les doigts, tant elle était nerveuse.

Pas mécontent de la voir aussi troublée, il sourit intérieurement mais s'en voulut aussitôt. Ce n'était pas très généreux de sa part de se réjouir de son embarras, mais c'était réconfortant de ne pas être le seul à être gêné.

— On parlera plus tard, dit-elle. Pour l'instant, je vais aller voir Marilyn. Et puis Danny ne va plus tarder.

Elle hésita et chercha son regard.

— Je ne tiens pas à ce qu'il sache qu'on a… que toi et moi…

— Tu te doutes bien que je ne dirai pas à Danny que j'ai passé la nuit au lit avec sa mère ! gronda-t-il, blessé qu'elle ait pu lui attribuer une intention aussi peu délicate. Enfin, Kelsey, pour qui me prends-tu ?

— Excuse-moi, s'empressa-t-elle de répondre.

Comme il ne décolérait pas, elle lui prit la main.

— S'il te plaît, Gage, ne sois pas fâché. Je sais bien que tu ne heurterais jamais Danny, mais je suis tellement embêtée pour Marilyn que je dis n'importe quoi...

Il faillit lui demander si c'était à Rick qu'elle pensait quand ils avaient fait l'amour mais, redoutant la réponse, il préféra garder sa question pour un autre moment.

— Excuse-moi, répéta-t-elle.

— Ce n'est pas grave.

Le bruit d'une porte de placard qui claquait dans la cuisine leur rappela qu'ils n'étaient pas seuls dans la maison. Kelsey sursauta.

— Je file m'habiller en vitesse et j'y vais...

Elle s'éloigna sans lui laisser le temps d'ajouter un mot.

Gage la regarda disparaître dans sa chambre et retourna dans la sienne. Il poussa sa porte en regrettant de ne pas l'avoir fermée la veille au soir. Les choses auraient été différentes s'il avait pris cette peine. Ils auraient eu le temps de se vêtir pour accueillir Marilyn normalement. Mais on ne réécrit pas l'histoire.

De toute manière, la réaction de Kelsey l'ennuyait plus que celle de Marilyn.

« Je pensais à Rick », lui avait-elle dit.

Il s'assit au bord de son lit, les yeux dans le vide. Oui ou non, avait-elle pensé à Rick en faisant l'amour ?

Il pouvait tout accepter, sauf ça.

Il hocha la tête, suivant son raisonnement intérieur. Bien sûr qu'elle avait pu penser à Rick. Bien sûr aussi qu'il aurait pu penser à son ami, avant de se jeter sur sa femme comme il l'avait fait.

— Je m'apprêtais à passer le café, annonça Marilyn à Kelsey qui entrait dans la cuisine. Tu tombes bien.

Kelsey aurait aimé lui en dire autant quand elle était arrivée ! Encore que... Ils avaient finalement eu de la chance. Si elle était arrivée un tout petit peu plus tard...

Elle se laissa tomber sur une chaise et regarda sa belle-mère s'affairer. Elle avait ouvert le placard à vaisselle et en sortait deux tasses. Kelsey nota qu'elle se ravisait et en prenait une troisième. L'eau de la douche qu'on entendait couler laissait pourtant supposer que Gage ne les rejoindrait pas tout de suite.

Marilyn posa les tasses sur le comptoir — elle semblait moins nerveuse — et s'installa en face de Kelsey.

— Bill m'a dit que le vol de Danny s'était bien passé, dit-elle en approchant le sucrier.

— Parfait…

En d'autres temps, Kelsey aurait demandé force détails sur le voyage de son fils mais, pour l'heure, Danny ayant atterri sans encombre, elle avait d'autres soucis en tête.

— Il paraît qu'il a dormi dans la voiture pendant tout le voyage de retour.

— Vous remercierez Bill d'être allé le chercher à l'aéroport. Ça m'a bien rendu service.

— Il devait aller à Los Angeles de toute façon. Il a fait d'une pierre deux coups, dit Marilyn en mettant un sucre dans sa tasse. Et puis il adore être avec Danny. Ton fils ressemble tellement à Rick au même âge…

Elle se tut, gênée, doutant subitement du bon goût d'évoquer Rick à cet instant. Il y eut un flottement. Un ange passa. Le silence parut durer des heures. Puis le bruit de l'eau qui cogne dans la tuyauterie quand on ferme un robinet résonna dans la maison. Gage avait fini de se doucher.

— On va être contents de le revoir, reprit Marilyn en ajoutant deux cuillerées de sucre dans son café.

— Oui.

Si elle voulait aborder le sujet qui la tourmentait tant, c'était à elle de le mettre sur le tapis.

Si elle n'en prenait pas l'initiative, il était clair que ce ne serait pas Marilyn qui le ferait.

L'estomac noué, elle se lança.

— Pour tout à l'heure...

— Tu n'as pas à te justifier, déclara sa belle-mère aussitôt. Ce que tu fais ne me regarde pas.

— C'est gentil de votre part de me dire ça, mais je sais que ça vous perturbe.

— Qu'est-ce qui te fait penser ça ?

Elle prit sa tasse et la porta à ses lèvres en s'efforçant d'avoir l'air parfaitement à l'aise.

— Ce qui me fait dire ça ? C'est que, d'habitude, vous ne mettez pas six cuillerées de sucre en poudre dans votre café.

Avec une grimace de dégoût, Marilyn reposa sa tasse et son contenu sirupeux sur le comptoir.

— Six ? Tu as compté ?

— Oui, au moins six.

Kelsey se leva, prit la tasse de sa belle-mère qu'elle alla vider dans l'évier, la rinça et la remplit de nouveau.

— Je crois que, cette fois-ci, je ne vais pas le sucrer du tout !

Les deux femmes se sourirent. Kelsey sentit la mère de Rick se détendre. Elle aimait beaucoup sa belle-mère. Marilyn et Bill Jackson étaient l'antithèse de tout ce qui pouvait se raconter de pire sur les beaux-parents et les belles-familles en général. Rick et elle s'étaient rencontrés alors qu'il travaillait dans le Minnesota. Les parents Jackson n'avaient donc fait la connaissance de leur future belle-fille que quelques jours avant le mariage. Tout de suite, Kelsey les avait aimés autant que sa propre famille, et elle ne voulait pas perdre leur affection.

— Vous devez vous poser des questions sur ce que vous avez vu tout à l'heure, reprit Kelsey.

— Ça ne me regarde pas, répéta Marilyn.

C'était sans doute vrai. N'empêche… il fallait qu'elle s'explique.

— Gage et moi… nous n'avons pas… Je ne veux pas que vous pensiez qu'il y a quelque chose entre… Comment dire ? C'était la première fois cette nuit. La seule fois.

— Kelsey…

Marilyn prit la main de sa belle-fille.

— Pas une fois, tu m'entends, pas une fois, je n'ai douté de ta fidélité envers mon fils.

Quand elle entendit cette remarque de la bouche de sa belle-mère, Kelsey comprit que c'était cela qu'elle avait craint. Des larmes de soulagement montèrent à ses paupières, qu'elle balaya d'un revers de main.

— Merci, dit-elle, tremblante d'émotion. Merci.

Marilyn lui serra la main et la relâcha.

— Je ne te cacherai pas que j'ai eu un choc tout à l'heure en te voyant... en t'imaginant avec quelqu'un d'autre que Rick. Affirmer le contraire serait mentir. Mais ça ne veut pas dire que j'estime que tu dois passer ta vie à le pleurer. Tu es jeune et je souhaite du fond du cœur que tu retrouves le bonheur.

Kelsey la fixa, abasourdie. Marilyn lui parlait comme si Gage et elle avaient une liaison. Ils avaient eu une aventure, de fait, mais ce n'était pas ce que sa belle-mère s'imaginait. Ils étaient bons amis, c'était tout. Evidemment, la veille au soir, ils étaient allés plus loin, mais ce n'était qu'un accident. Il fallait la détromper.

— Gage et moi... nous ne sommes pas... comment dire ? Nous sommes juste amis, finit-elle lamentablement.

Son interlocutrice parut en douter mais ne releva pas.

— Tu ne pouvais pas trouver meilleur ami. Et si je devais choisir un homme comme beau-père pour Danny, je crois que Gage serait le meilleur choix possible.

Kelsey la regarda, incrédule. Marilyn était en

train de lui donner sa bénédiction pour épouser Gage. C'était stupéfiant ! Elle n'en demandait pas tant. Gage et elle n'étaient qu'amis, pas…

Pas amants ?

— J'aime Rick, dit-elle autant pour se rassurer elle-même que pour faire plaisir à sa belle-mère.

— Je sais, ma chérie. Mais la vie continue et il n'aurait certainement pas voulu que tu t'arrêtes de vivre.

Grâce au ciel, elle ne semblait pas attendre de réponse car Kelsey se sentait incapable d'aligner deux mots.

— Je vais y aller, reprit-elle, jetant un coup d'œil à l'horloge de la cuisine accrochée près de la porte.

Elle but une gorgée de café et grimaça.

— Brrr… c'est amer ! J'imagine que tu as des tonnes de choses à faire avant le retour de Danny. Si ça ne t'ennuie pas, j'aimerais revenir ce soir pour le voir. Je sais que ça ne fait que deux semaines qu'il est parti, mais il m'a tellement manqué.

— Non.

Etonnée, Marilyn écarquilla les yeux.

— Tu ne veux pas que je revienne ?

— Si ! Evidemment que vous pouvez revenir !

Ce que je voulais dire… Vous ne préférez pas attendre ici que Bill le ramène ? Je sais qu'il sera très content de vous trouver ici.

— Mais, tu es sûre de… n'avoir rien à faire ?

Elle lança un regard appuyé du côté des chambres.

— Rien qui ne puisse attendre, répondit Kelsey avec un sourire forcé.

— Si tu en es certaine, alors, j'accepte.

— J'en suis certaine, lui assura la jeune femme, qui redoutait plus que tout de se retrouver face à face avec Gage.

Après ce qui s'était passé, elle avait besoin de temps pour réfléchir à ce qu'elle allait lui dire.

Kelsey lui sourit, encore sous le coup de la stupéfaction : l'incident de ce matin n'avait pas entamé leur amitié.

— Vous m'avez laissé un peu de café ?

Les deux femmes, saisies, se tournèrent en chœur vers la porte. Gage était là, debout contre le chambranle, rasé de frais, les cheveux encore mouillés. Il avait l'allure décontractée mais chic du top model qui pose pour une photo de mode. En somme, il était irrésistible.

— Beaucoup, même, dit Marilyn, se ressaisissant très vite.

Kelsey, elle, avait du mal à reprendre pied. Son cœur battait comme un fou. Heureusement, elle était assise !

Elle le vit s'approcher d'elle et s'arrêter derrière sa chaise. Il sentait encore le gel de douche, un parfum citronné particulièrement acidulé. « Idéal pour se réveiller », pensa-t-elle.

Il lâcha sa chaise.

Incapable de lever les yeux de son café, elle l'écouta aller et venir dans la cuisine. Il finit par prendre la tasse que Marilyn avait sortie et se versa du café. Du coin de l'œil, elle le vit s'adosser au comptoir et commencer à boire.

Un silence gêné s'installa dans la cuisine. Ne sachant que faire d'elle, Marilyn ajouta une cuillerée de sucre à son café qui devait être à moitié froid maintenant. En d'autres temps, Kelsey aurait ri de la voir tourner nerveusement sa petite cuiller dans sa tasse. Le silence se prolongeant, Kelsey se décida à regarder Gage. Il l'observait lui aussi. Leurs regards se soudèrent, intenses. Mais elle n'aurait su dire ce que le sien exprimait. Il était bleu, incroyablement bleu, mais glacial.

Subitement, il regarda ailleurs.

— Danny et Bill seront là dans combien de temps ? s'enquit-il brusquement.

Le ton était dégagé. Comment pouvait-il parler à Marilyn avec une telle décontraction ?

Kelsey jeta un coup d'œil à sa belle-mère. Elle souriait à Gage.

Finalement, elle était la seule du trio à être vraiment embarrassée.

Chapitre 10

La gêne de Kelsey ne dura pas longtemps. Marilyn Jackson était une bavarde impénitente qui pouvait parler pendant des heures sans s'interrompre, tout comme Viola Sinclair. Il existait néanmoins une différence entre les deux femmes. Alors que la mère de Kelsey se croyait obligée de prodiguer des conseils à sa fille, qui ne lui en demandait pas, estimant qu'elle était assez grande pour diriger sa vie toute seule, Marilyn était plus discrète. Elle aimait parler — elle en convenait volontiers d'ailleurs —, mais ça n'allait pas plus loin. Tout l'intéressait et elle rebondissait sur tous les sujets, politique, aventures et mésaventures des célébrités, météo. Tout sans exception.

En la circonstance, sa logorrhée fut bienvenue. Le premier moment de silence passé, elle entama la conversation, comme si de rien n'était, et ce fut salutaire pour Kelsey.

Son café bu, Gage disparut pour aller travailler dans la serre. « Loin des yeux loin du cœur », espéra Kelsey. Mais le dicton ne se vérifia pas. Son cœur continuait à battre la chamade et, quand son beau-père fit son entrée avec Danny, elle remercia le ciel que Gage soit occupé dehors.

— Maman ! s'écria le petit garçon en se précipitant dans ses bras.

Des larmes plein les yeux, elle s'agenouilla pour l'accueillir contre elle.

— Mon bébé !

En l'espace de deux semaines, il semblait avoir grandi d'au moins vingt centimètres. C'était un vrai petit homme. Elle l'embrassa et par-dessus l'épaule de son fils, elle aperçut Gage qui venait vers eux.

— Oncle Gage !

Le petit garçon se détacha d'elle et courut vers lui.

— Salut, mon pote, lança Gage en le prenant dans ses bras. Qu'est-ce qu'on t'a donné à manger là-bas pour que tu sois lourd comme ça ? Des crêpes fourrées au plomb ? Tu as dû prendre dix kilos !

En riant, il fit semblant de vaciller sous le poids de l'enfant.

— Je me demande où les enfants puisent leur énergie, commenta Marilyn.

— Ils sont montés sur piles, plaisanta Kelsey.

Mais elle était songeuse. Gage comptait beaucoup pour Danny. Depuis la mort de Rick, il incarnait l'image du père. Bien sûr, il n'était pas là en permanence, ses visites étaient même très espacées, mais, lorsqu'il était présent, ils étaient inséparables.

Penché au-dessus de Danny, ses cheveux noirs se mêlant aux boucles blond cendré de l'enfant, Gage l'écoutait avec la même attention qu'il aurait écouté un adulte. Danny était pourtant incohérent, tant il était excité.

La jeune femme se prit à sourire de tendresse, en les voyant faire, tous les deux. Gage était très gentil avec son fils. Et Danny l'adorait. Quel que soit l'avenir de sa relation avec Gage, c'était un élément à considérer. Leur aventure ne concernait plus seulement deux personnes, mais trois. Dorénavant, elle devrait en tenir compte. Son fils n'avait déjà que trop souffert.

Tout l'après-midi, cette pensée la rongea. Elle réussit tout de même à donner le change. Elle conversa avec ses beaux-parents, écouta le flot ininterrompu d'histoires de Danny, prépara le dîner et parvint à rester naturelle en présence de Gage.

Sitôt le dîner terminé, Danny donna les premiers signes de fatigue. Soucieux de ne pas faire veiller trop tard leur petit-fils, Marilyn et Bill l'embrassèrent puis s'en allèrent.

— Il est temps d'aller te coucher, mon cœur, dit Kelsey à son fils, en refermant la porte derrière ses beaux-parents.

— Je ne suis pas fatigué, protesta Danny.

Mais sa tête tombait toute seule.

— C'est ça ! Et le pape est mon cousin ! plaisanta Gage. Je te porte jusqu'à ta chambre, si tu veux.

L'enfant, que la fatigue avait rendu grognon, s'agrippa au bras du canapé.

— Je ne veux pas aller au lit ! Je ne vais pas au lit avant 9 heures d'habitude et il est 8 heures.

Se rappelant le mal qu'elle s'était donné pour lui apprendre l'heure, Kelsey hocha la tête en regardant son fils. Menton pointé en avant, yeux plissés, il avait l'air buté des mauvais jours. Il n'était pas question que la journée se termine sur un esclandre.

Elle estima que d'ici cinq à dix minutes, il s'écroulerait de sommeil. Elle le coucherait à ce moment-là. Elle tenta cependant un autre stratagème.

— Danny, mon chéri, tu te rappelles qu'il y a plusieurs heures en Amérique ? Je t'ai expliqué qu'avant d'appeler Grand-père et Grand-mère de l'autre côté du pays, il faut réfléchir à l'heure qu'ils ont là-bas…

Danny fit oui de la tête mais mollement, comme s'il flairait un piège.

— Bon. Pendant que tu étais chez eux, ton corps s'est mis à l'heure du Minnesota. Il est 10 heures du soir dans le Minnesota, ça fait donc une heure que tu devrais être couché.

Partagé entre le sentiment qu'on lui volait une heure et sa fatigue, Danny fit la moue. Puis il bâilla à s'en décrocher la mâchoire.

— Allez, je t'emmène, dit Gage.

— Non, je vais avec maman, répondit l'enfant.

— Alors je vais faire du café, continua Gage.

— Du décaféiné, plutôt, s'il te plaît, précisa Kelsey.

Et elle disparut dans le couloir avec le petit.

*
* *

— Voilà, dit-il, posant deux tasses sur la table de la cuisine. Ça y est ? Il dort ?

— Il n'était pas allongé depuis deux secondes qu'il dormait déjà.

Kelsey prit sa tasse à deux mains.

— Apparemment, il s'est bien amusé chez tes parents, fit remarquer Gage.

Il s'assit en face d'elle, faisant semblant de ne pas remarquer sa gêne.

— A ce que m'a dit maman, il les a rendus fous !

— Mais je suis sûr qu'ils ont adoré ça.

Pour la première fois depuis le début de la journée, elle esquissa un sourire.

— Je suis contente qu'il soit revenu.

— Moi aussi, je commençais à trouver la maison trop calme sans lui.

Le sourire de Kelsey s'évanouit. Elle fit tourner doucement sa tasse sur la table.

— Il t'aime beaucoup, dit-elle tout bas, comme pour elle-même.

Devinant où elle voulait en venir, Gage ne répondit pas pour la laisser poursuivre.

— Son père lui manque tellement, murmura-t-elle, suivant des yeux les ondes que faisait le café dans la tasse.

Un silence bizarre s'installa. Tout était bizarre

entre eux aujourd'hui. Chaque fois qu'il l'avait approchée, elle avait sursauté. De son côté, il ne s'était pas non plus senti très à l'aise.

Comment, en vingt-quatre heures, les choses avaient-elles pu changer à ce point entre eux ?

— Si je comprends bien, tu as peur que le fait que nous ayons couché ensemble n'altère mes relations avec Danny ?

— Il a déjà tellement souffert en perdant son père.

— Ce n'est pas parce que nous sommes amants qu'il va fatalement me perdre !

Le ton était tendre, si tendre que, troublée, elle battit des paupières.

— Mais nous ne sommes pas…

— *Amants* ? finit-il pour elle, voyant qu'elle ne pouvait prononcer le mot.

— Hier soir, ça s'est fait comme ça, sans qu'on y pense.

C'était vrai. Au chaud dans les bras de Kelsey, enveloppé dans sa tendresse et sa douceur, il n'avait pensé qu'à son bonheur en espérant qu'elle éprouvait la même joie intense. La même félicité. Et puis, finalement, elle lui avait avoué qu'elle avait pensé à Rick. Quelle désillusion !

— Tu as eu le temps d'y réfléchir depuis ? demanda-t-il prudemment.

— J'ai essayé.

— Et tu en as conclu ?

Elle le fixa et, brusquement, détourna les yeux.

Il aurait pu être moins direct, tergiverser, mais il ne se sentait pas d'humeur à tourner autour du pot.

— Je… je pense qu'il vaudrait mieux oublier ce qui s'est passé hier soir, dit-elle très vite.

Il s'y attendait et, pourtant, la réponse lui fit mal. Elle devait ressasser cette décision depuis son réveil. Ce qui expliquerait la mine sombre qu'elle avait affichée toute la journée.

Oublier ? Faire comme s'il ne l'avait jamais serrée dans ses bras, comme s'il ne l'avait pas sentie frissonner de plaisir sous lui ? Impossible ! Même avec la meilleure volonté du monde. Et il n'était pas sûr de l'avoir…

— Pourquoi ?

Question stupide par excellence. Bien sûr qu'il savait pourquoi ! C'est parce qu'elle aimait toujours Rick, qu'elle se considérait toujours comme mariée avec lui. Elle ne l'avait pas dit aussi ouvertement, mais il l'avait compris.

— Parce que je pense que c'est mieux ainsi, dit-elle simplement.

Comme il ne répondait pas, elle leva les yeux vers lui.

— Je ne veux pas que nos relations changent, Gage.

Trop tard. Les choses avaient déjà changé. Elle n'était plus une amie : il était assis en face d'une femme avec laquelle il avait fait l'amour, et il ne demandait qu'à recommencer.

Mais il ne lui livra pas le fond de sa pensée. Il ne pouvait pas. Elle le regardait avec de tels yeux. Des yeux qui l'imploraient d'abonder dans son sens.

— Ça ne sera pas facile, dit-il enfin. Il ne suffit pas de prendre une éponge pour tout effacer.

— Essayons. Je ne veux pas te perdre.

— Pourquoi voudrais-tu me perdre ?

Il écarta sa chaise de la table et se leva.

— Je commence à me sentir de trop, Kelsey…

Il s'approcha d'elle et posa les mains sur ses épaules, la clouant sur son siège.

— Que veux-tu qu'il arrive ? Que maintenant que nous avons couché ensemble, je vous laisse tomber, Danny et toi ? Tu ne penses quand même pas que je me suis installé chez toi avec cette idée derrière la tête ? Ce serait ignoble !

— Non ! Bien sûr que non !

— On le croirait pourtant ! Bon sang, Kelsey ! Pour qui me prends-tu ?

Il se passa la main dans les cheveux et sa colère retomba un peu.

— Tu t'es montré un ami parfait, Gage, et je tiens à ton amitié. Je ne voudrais pas qu'elle soit ternie par… Que notre relation soit abîmée… Que quelque chose change…

Les choses avaient pourtant déjà changé. Du moins de son point de vue. Mais si elle ne s'en rendait pas compte, c'était peut-être qu'il se trompait. Peut-être que rien n'avait changé, après tout. Ce qui s'était passé la nuit précédente n'avait sans doute été pour elle qu'un détail, puisqu'elle était capable de faire l'amour avec lui et de le regarder aujourd'hui avec ses grands yeux gris innocents, en lui disant qu'elle ne voulait pas que leur relation change…

Il alla à la fenêtre et regarda dehors. Sous ses yeux, il y avait la serre.

— Si je comprends bien, tu veux faire comme s'il ne s'était rien passé hier soir ?

Elle hésita. Il se retourna alors vers elle. Pour lui, prétendre qu'il ne s'était rien passé était une idée folle.

— C'est-à-dire qu'on ne doit pas penser qu'à

nous deux. Il y a Danny. Je dois penser d'abord à lui.

— Et qu'en saura-t-il, si nous ne lui disons rien ?

Elle rougit. Il comprit que sa remarque était idiote. Danny n'était plus un bébé. Si leur statut d'amis se modifiait en celui d'amants déclarés, il était évident que Danny s'en apercevrait. Ils ne pourraient pas se cacher à tous les instants.

— Tu comptes beaucoup pour lui, reprit Kelsey. Tu es comme un père…

Un père ? Non, il ne voulait pas de ça. Il ne l'avait jamais voulu. C'était bien la seule chose qui n'avait pas changé, pendant ces dernières vingt-quatre heures. Il refusait d'être le père de qui que ce soit !

— Il sait très bien qui est son père, protesta-t-il.

— Pour lui, Rick n'est guère plus qu'un nom et un visage sur des photos, dit-elle tristement. Il dit qu'il se souvient de lui, mais je crois surtout qu'il se souvient des histoires que nous lui avons racontées sur lui. C'est toi, par exemple, qui lui as appris à taper dans un ballon et à faire du vélo.

— Je ne suis pour ainsi dire jamais là ! protesta-t-il de nouveau.

Il se sentait piégé, engagé sur un terrain miné.

— Je crois qu'il me considère plutôt comme un oncle, pas comme son père. D'ailleurs, c'est comme ça qu'il m'appelle : « Oncle Gage ».

— Je n'ai pas dit qu'il te prenait pour son père. Je dis qu'il fait comme si tu étais son père. Je ne veux pas perdre ton amitié et je ne veux pas non plus le priver de toi. Imaginons que nous nous lancions dans une histoire et qu'elle tourne court…

Elle laissa sa phrase en suspens.

Il aurait pu argumenter, lui dire qu'elle était pessimiste sans raison, défaitiste, qu'il n'y avait aucune raison pour que leur histoire tourne court. Il y avait une ribambelle de choses qu'il aurait pu lui dire, mais il se tut. Elle avait dit le mot de trop. *Père*.

Il avait tout de suite compris où elle voulait en venir. S'ils poursuivaient sur cette voie, Danny risquait de le prendre effectivement pour son père, or, de cela, il n'était pas question.

Il prit sa tasse de café, la serra dans ses mains. Elle était presque froide maintenant.

Au début, l'idée d'être le parrain de Danny lui avait fait peur et puis il s'y était fait. Cette responsabilité lui avait même plu. Puis Rick était mort et il avait pris son rôle très au sérieux. Il aimait infiniment Danny. A dire vrai, c'était difficile de ne pas l'aimer. Pour autant, cela ne faisait pas de lui un père de substitution. C'était, de plus, un engagement pour lequel il n'était pas préparé.

Jouer les oncles, d'accord. Mais rien de plus. Sachant comment il avait tout raté avec Shannon, il n'allait pas maintenant recommencer avec le fils de Kelsey !

Elle le regarda. A quoi pouvait-il bien penser pour faire cette tête ?

— Je ne vois pas en quoi ça pourrait faire du mal à Danny, ou à toi, ou au monde ! gronda-t-il.

— Je sais.

Silence. Nouveau regard. Même tristesse dans les yeux de Kelsey.

— Donc, on fait comme s'il ne s'était rien passé cette nuit ? C'est ce que tu veux ?

— Oui, je pense que c'est préférable, Gage.

— Tu as sûrement raison…

Il but un peu de café et reposa sa tasse.

— Gardons notre amitié intacte, conclut-il d'un ton ironique.

— Oui…

Moins sûre d'elle subitement, elle hocha la tête.

Gage vit arriver la fin de ses vacances avec soulagement. Les quinze derniers jours avaient été un enfer, mais il ne devait s'en prendre qu'à lui. Après avoir bourré son sac de voyage de ses affaires, il fit des yeux le tour de la chambre. Il n'oublierait jamais ce qui s'était passé entre ces murs, mais, comme il était incapable de feindre, il préférait ne plus revenir.

Il ferma la fermeture à glissière et balança le sac sur son épaule. Il aimait pourtant cette pièce. Il s'y sentait chez lui, mais chaque fois qu'il y entrait, à présent, il revoyait Kelsey. Kelsey au pied du lit, son déshabillé en corolle à ses pieds, son corps magnifique frissonnant de désir. Il la voyait allongée sur le lit, ses cheveux défaits sur l'oreiller auréolant son visage, ses yeux gris brûlants de passion.

— Bon Dieu !

Le juron lui échappa. Dire qu'il avait suffi d'une nuit, d'une simple nuit, pour que tout bascule ! Pour que quatre années de vie paisible soient pulvérisées d'un coup !

— Bon Dieu ! jura-t-il de nouveau.

Il consulta sa montre. 4 heures du matin. Cole, qui l'accompagnait à l'aéroport, n'allait plus tarder. La veille au soir, il avait dit au revoir à Danny. Blotti dans ses bras, le petit garçon avait pleuré. Gage était resté plus longtemps que d'habitude assis au bord de son lit. Six mois, c'était une éternité pour un enfant de son âge. Quand il le reverrait, il aurait encore grandi. Et il allait manquer tout cela.

Il sortit dans le couloir, furieux contre lui-même, furieux contre Kelsey qui lui avait mis le mot « père » dans la tête. Un mot qui le hantait depuis.

En passant, il s'arrêta devant la porte du petit garçon mais n'entra pas. En général, Kelsey se levait pour lui dire au revoir. Avec un peu de chance, ce matin, elle éviterait. Il n'était pas d'humeur à se répandre en salutations. Plus vite il partirait, mieux ce serait.

Hélas, la lumière de la cuisine était allumée et la maison sentait bon le café. Il déposa son sac dans l'entrée et se dirigea à pas de loup vers la cuisine. Qu'allait-il lui dire ? Il n'avait rien à ajouter à ce qu'il lui avait répété ces deux dernières semaines.

Il se creusait désespérément la cervelle, quand il entendit la grosse voix de Cole. Il poussa un soupir de soulagement. C'était peut-être lâche de sa part mais qu'importe ! Il préférait que son frère soit là.

— Je voulais te vider le bac à glace sur la tête pour te réveiller, mais Kelsey me l'a interdit, plaisanta ce dernier. Je t'attends à la voiture. Merci pour le café, Kelsey...

Sans laisser le temps aux deux autres de le retenir, il disparut.

— Je pense qu'il fait exprès de sortir pour nous laisser nous dire au revoir en privé.

— C'est complètement idiot, déclara-t-elle.

Elle prit une éponge et se mit à frotter une tache imaginaire sur l'évier.

— On n'a rien à cacher, poursuivit-elle.

— Tu as raison, répondit-il en vidant la tasse qu'elle lui avait servie. Après tout, nous ne sommes que des copains.

Il la vit ciller mais elle ne dit rien.

Pauvre Kelsey ! Ce qui arrivait n'était pas sa faute. Elle aimait toujours Rick, c'était tout à son honneur. Et si lui refusait de jouer les pères pour Danny, elle n'y était pour rien.

— Bien, j'y vais. Si tu as besoin de quelquc chose, tu sais comment me joindre.

— Oui...

Ils se répétaient ces phrases rituelles chaque fois

qu'il partait, mais, d'habitude, ils se souriaient. Ce matin, l'humeur n'y était pas.

— Je pense revenir vers la fin de l'année, dit-il.

L'estomac noué, il la regarda. Elle avait baissé la tête et ne bougeait pas.

— Sois prudent, fit-elle comme d'habitude.

Elle se retourna. Regard triste dans un visage d'ange auréolé de boucles blondes.

Heureusement, le temps allait faire son œuvre et l'oubli s'installerait peu à peu, se dit-il. Après tout, qu'était-ce qu'une nuit au regard de l'éternité ? Même si cette nuit avait été la plus fabuleuse de sa vie, ce n'était que quelques heures volées à la mort.

Une fois reparti en mission, la vie reprendrait son cours et il n'y penserait plus.

— Bon Dieu !

En quelques enjambées, il se rapprocha d'elle et la prit par le cou. La main plaquée sur sa poitrine, elle fit mine de le repousser, sans conviction. Encouragé par sa faible protestation, il se pencha alors sur elle et prit ses lèvres. Froissant sa chemise entre ses doigts, elle l'attira à elle et le serra comme pour l'empêcher de partir.

Gage mit un terme à leur baiser aussi brusquement qu'il avait pris sa bouche et la regarda.

Elle était toute rouge et visiblement troublée. Flatté dans sa vanité masculine, il eut un sourire étrange.

Et, à cet instant précis, il décida qu'il refusait son diktat.

Patience et temps aidant, l'avenir s'offrait à lui.

— J'ai décidé, lui lança-t-il en s'écartant d'elle, je ne veux pas d'une simple amitié entre nous.

Il sortit de la cuisine, la laissant interdite.

Chapitre 11

— Je te signale que tu regardes ton poisson comme s'il allait répondre à tes questions existentielles. Qu'est-ce qu'il y a ? Il n'est pas bon ?

Kelsey sursauta.

— Excuse-moi. Si, si, le poisson est excellent. C'est un bon restaurant ici.

— Anton a fait du bon boulot, tu ne trouves pas ?

Anton était le nouveau petit ami de Claire. C'était aussi le chef cuisinier du restaurant. Apparemment très amoureuse, Claire faisait plaisir à voir.

La jeune femme éclata soudain d'un grand rire.

— Tu te rends compte, Kelsey ! J'ai troqué une batterie de portraits d'ancêtres contre une batterie de cuisine ! Entre les deux, je préfère les casseroles !

Nouvel éclat de rire.

— Et toi ? Raconte-moi un peu. Où en es-tu ?

— Rien de neuf. J'ai récupéré Danny, qui est revenu de chez ses grands-parents pourri gâté. C'est tout.

— C'est tout ? Et Gage ?

— Gage…

Elle se raidit légèrement sur sa chaise. Elle n'était pas d'humeur à parler de Gage, mais elle savait que c'était surtout de lui que Claire voulait parler.

Elle essaya de prendre l'air dégagé.

— Il a commencé un nouveau chantier, il y a deux mois, et il ne reviendra pas ici avant la fin de l'année.

Parfait, se félicita-t-elle, satisfaite de ne pas avoir cillé. Claire n'avait pu se douter de rien.

— Tu sais que je n'en reviens toujours pas ! Comment peux-tu vivre avec un type aussi sublime sans craquer ? Sans compter qu'en plus il est vraiment sympa. J'ai du mal à te croire, quand tu me dis que vous n'êtes que des amis.

— C'est pourtant vrai.

— Bon… N'empêche, je trouve que vous n'êtes pas normaux. Excuse-moi de te dire ça. Personnellement, je ne pourrais pas vivre sous le même toit que lui sans essayer de le séduire ! Il préfère peut-être les garçons ?

Kelsey éclata de rire, mais le cœur n'y était pas. Une fine mouche comme Claire avait certainement dû comprendre que son rire était jaune.

Deux mois… Cela faisait deux mois qu'elle pensait à Gage jour et nuit, malgré ses efforts pour oublier la nuit magique qu'ils avaient partagée. Mais, cette fois, c'était décidé, Gage ne devait pas revenir vivre sous son toit. C'était trop dur pour elle. Et pour Danny. Dorénavant, il fallait qu'il se tienne à l'écart de leur vie. Elle avait ruminé cette idée toute la nuit et, au petit matin, sa décision était prise. Elle serait irrévocable. Elle avait un peu — beaucoup — pleuré, mais elle ne flancherait pas. Elle allait lui demander d'abandonner définitivement la chambre. Elle lui écrirait en ce sens en lui donnant ses raisons.

En rentrant du restaurant, où elle avait, somme toute, passé un bon moment avec Claire, elle trouva son répondeur téléphonique qui clignotait. Inquiète, comme chaque fois que Danny n'était pas auprès d'elle, elle posa son sac sur la table et se précipita pour écouter le message.

— Kelsey ?

C'était la voix de Gage. Chaude, sensuelle. On aurait dit qu'il était dans la pièce.

Fermant les yeux un instant, elle le revit, appuyé contre le comptoir, sa tasse de café entre les mains et sa mèche folle retombant sur son front comme une virgule.

Tellement absorbée par les images qu'elle avait dans la tête, elle en oublia d'écouter son message. Elle rembobina.

— Kelsey ? Je suis à l'aéroport. Je prends le premier vol possible. Je sais que tu ne m'attends pas, mais je viens quand même.

Il parlait doucement en articulant chaque syllabe, chaque mot.

Elle fronça les sourcils et monta le son.

— Je t'expliquerai, ajoutait-il. Je voulais seulement t'avertir de mon retour.

Il y eut un silence sur la bande comme s'il avait réfléchi à quelque chose à ajouter. Mais après quelques secondes, il avait raccroché.

Eberluée, Kelsey repassa le message. « Je t'expliquerai. » Que voulait-il dire ? Expliquer quoi ? Et ce ton ! Tellement autoritaire… mais si chaud en même temps…

Elle regarda l'heure qui s'affichait sur son

téléphone. S'il avait trouvé tout de suite un vol, il risquait d'arriver d'un moment à l'autre.

Paniquée, elle courut dans sa chambre. Il fallait qu'elle se prépare un peu pour son retour. Non pour lui plaire, mais simplement pour être présentable. Tout en courant, elle commença à déboutonner son chemisier. Heureusement, Danny était chez ses grands-parents pour l'après-midi. Elle n'aurait pas à craindre une irruption intempestive de sa part pendant qu'elle discuterait avec Gage. Discussion qui se résumerait à une chose, qui n'avait pas changé : il fallait qu'il quitte les lieux.

Comment allait-elle le lui présenter ? « Bonjour, Gage. Je suis contente de te voir, mais il faut que je te dise tout de suite que tu ne peux plus rester ici. »

Elle ouvrit son placard et inspecta ses vêtements Elle imaginait déjà sa réaction. Non, elle ne pouvait pas lui faire ça. Elle ne pouvait pas le regarder dans les yeux, ses beaux yeux bleu électrique, et lui dire : « Je ne veux plus de toi chez moi ! »

Elle ferma les yeux. Trouverait-elle la force de lui faire comprendre pourquoi elle préférait le voir repartir ? A moins que…

Une idée germa dans son esprit, brillante. Il

ne venait peut-être que pour quelques jours. Peut-être avait-il simplement à faire pour son travail et ne souhaitait-il que passer lui dire bonjour ? En ce cas, elle pourrait attendre qu'il soit retourné en Amérique du Sud pour lui écrire la lettre qu'elle avait déjà rédigée dans sa tête. C'était un peu lâche mais tant pis, elle mettrait sa fierté dans sa poche pour une fois.

Certaine qu'elle surmonterait cette crise comme elle avait surmonté les autres, elle passa un jean et un T-shirt rose fuchsia, bien vif pour se donner du courage. Elle se coiffa en évitant de se regarder dans la glace. Elle se sentait si peu sûre d'elle qu'il était inutile d'en avoir confirmation en constatant sa petite mine.

La demi-heure suivante, elle la passa à nettoyer la chambre de Gage. Bien qu'il ait toujours insisté pour faire son ménage lui-même, elle mettait un point d'honneur à ce qu'il trouve en arrivant la pièce propre et le lit fait. Elle s'assura ensuite qu'il lui restait un peu de place pour ses affaires de toilette dans la salle de bains qu'il partageait avec Danny.

Elle tenait à cet accueil, estimant que c'était un minimum. Par le passé, elle listait tout ce qu'elle avait à lui dire, les bons mots de Danny, quelques-unes de ses facéties et les derniers événements survenus dans son entreprise. Aujourd'hui, c'était différent. Elle n'avait qu'une question à lui poser : « Quand repars-tu ? »

Une fois la chambre prête, elle alla se faire du café et s'installa à la table de la cuisine, les yeux dans le vague. Elle avait beaucoup de choses à faire pourtant. Entre son affaire et son fils, elle n'était pas à court d'activités. Mais, pour l'heure, elle se sentait incapable de se concentrer sur quoi que ce soit. Gage allait arriver et ce qu'elle avait à lui dire la rendait nerveuse.

Aux aguets, elle entendit une voiture qui se garait le long du trottoir. Soulagée, tout compte fait, elle soupira. Une portière claqua. Elle se raidit. Attendit. Attendit un long moment.

Pourquoi mettait-il tant de temps ? Il voulait la torturer ? Trouvant cette idée stupide, elle éclata de rire. Mais bon sang ! Qu'est-ce qu'il fabriquait ? Il remontait l'allée en rampant ou quoi ?

Enfin, elle entendit des pas sur la terrasse. Le carillon de la porte retentit. Elle se leva d'un bond. Pourquoi sonnait-il ? Il n'avait plus sa clé ?

Elle se rua dans le couloir et, au moment d'ouvrir, hésita. Après tout, ce n'était peut-être pas lui. C'était peut-être un gosse qui s'amusait à sonner aux portes ou qui vendait des billets de tombola avec un voyage à Disneyland comme gros lot.

— Kelsey ? C'est moi, Gage…

Si, c'était bien lui…

Elle inspira une grande bouffée d'air, plaqua un sourire sur ses lèvres et lui ouvrit.

— Oh ! Qu'est-ce qui t'est arrivé ?

— J'ai raté une marche, dit-il en riant.

Vu son état, il avait dû en rater plusieurs même. Du front au menton, il n'était que plaies et il avait le bras en écharpe.

— Elle devait être haute, ta marche !

— Oui.

Un sourire retroussa le coin de ses lèvres.

— Je peux entrer ?

— Bien sûr.

Elle s'effaça pour le laisser passer, mais il n'entra pas tout de suite. Une main sur le chambranle de la porte, il semblait chercher un appui. Ses yeux étaient cernés, sa mine fatiguée. Comprenant alors seulement qu'il faisait un effort pour tenir debout, elle se précipita pour le soutenir.

— Appuie-toi sur moi, lui dit-elle en le prenant par la taille.

— Je suis trop lourd.

— Si tu t'évanouis dans l'entrée, je te traîne

sur la terrasse et je te laisse là, le menaça-t-elle. Allez, passe ton bras sur mes épaules.

— Ça va, dit-il en lui obéissant.

— Est-ce que tu peux aller jusqu'à ta chambre ? Tu préfères t'étendre sur le canapé ?

— Le canapé est trop court. Je vais bien, ne t'inquiète pas.

— Bien sûr !

Il n'avait pas tort, le canapé n'était pas assez long pour lui, ni assez large ni assez confortable. S'il réussissait à aller jusqu'à sa chambre, ce serait la meilleure formule.

— Mais ? Qu'est-ce que tu as à la jambe ?

Il était encore plus mal en point qu'elle ne le pensait au départ.

— Appuie-toi sur moi, répéta-t-elle.

— Je suis trop lourd.

Il semblait avoir du mal à parler.

— Ça va, dit-il de nouveau. Ça va.

Elle ne discuta pas plus longtemps mais guida ses pas. Il titubait. Qu'avait-il bien pu lui arriver ? Etait-il grièvement blessé ? Le moment n'était pas aux questions. Il fallait d'urgence l'amener à son lit, avant qu'il ne s'évanouisse.

Le passage d'une petite marche le fit souffrir mais, cahin-caha, il réussit à poursuivre. Le lit n'était plus qu'à un mètre maintenant. Tirant

Gage, le soutenant tant bien que mal, Kelsey s'en approcha. Ils tombèrent tous les deux sur le lit qui craqua sous leur poids. Ecrasée sous lui, elle n'osait plus bouger. Mais elle respirait mal. Elle s'agita un peu, ondula dans un effort pour se dégager.

Dix minutes plus tard, elle était debout, avait réussi à le retourner sur le dos et lui avait enlevé ses boots. Etendu de tout son long, il geignit un moment, puis finit par s'endormir. Elle resta près de lui à le veiller. Il respirait régulièrement, calmement et reprenait des couleurs. Sans doute était-il plus atteint par la fatigue que par ses blessures.

Que lui était-il arrivé ? Pourquoi ne lui avait-on pas téléphoné pour la prévenir qu'il était blessé ? Ses blessures étaient-elles graves ? Il ne bougeait pas. A le voir ainsi, elle réalisa qu'elle ne l'avait jamais vu qu'en pleine forme. Jamais de rhume, jamais de grippe.

Prise de frissons, elle croisa les bras sur sa poitrine. C'était terrible de le voir dans cet état, si faible, si fragile. Elle qui, jusqu'à présent, s'était toujours appuyée sur lui… Elle qui avait tellement besoin de sa force…

Solide comme un roc, il avait toujours été là quand elle avait eu besoin de lui. Il avait toujours été son havre, son soutien. Le voir dans cet état était un crève-cœur.

Une nouvelle fois, elle lui prit le pouls puis elle quitta la chambre. Gage n'avait sans doute pas dit à sa famille qu'il était blessé. Ils ne devaient même pas savoir qu'il était revenu. Elle allait appeler Cole.

Chapitre 12

Dans son demi-sommeil, Gage sentit qu'on l'observait. Il pensa d'abord qu'il était à l'hôpital et qu'une infirmière était penchée sur lui, prête à lui administrer un soin ou lui faire une injection avec sa seringue. Il ouvrit les yeux. Il n'était pas environné de blanc comme dans un hôpital, mais des teintes gris-bleu de sa chambre.

Il était chez lui. Quel soulagement !

De nouveau, il ferma les yeux.

— Allez, réveille-toi !

Reconnaissant la voix de son frère Cole, il battit des paupières et fixa le petit groupe debout au pied de son lit, qui parlait tout bas. De nouveau, il cligna des yeux. Ce qu'il avait pris pour un groupe se résumait à quatre personnes : Kelsey, Danny, Cole et sa fille, Mary, qui tous le regardaient avec une certaine inquiétude.

— C'est ma veillée funèbre ?

— Pas encore, mon vieux, le rassura Cole.

— Vu comme j'ai mal partout, je n'en suis pas si sûr !

Il essaya de s'asseoir mais s'arrêta vite. Ses côtes le faisaient horriblement souffrir. Il jura tout bas.

— Attends, je vais t'aider…, lui proposa Kelsey.

— Non ça va, répondit-il sèchement.

Puis, d'une voix plus aimable :

— Merci, mais je peux me débrouiller seul.

Elle lui lança un regard noir, le même qu'il lui avait vu lancer à Danny quand il faisait une bêtise.

— Tu m'as déjà dit ça tout à l'heure, juste avant de t'évanouir, lui rappela-t-elle en lui calant des oreillers derrière le dos.

— Mais je ne me suis pas évanoui !

— C'était bien imité alors…

— Maman a dit que tu étais tombé d'un arbre, en préparant ton chantier, dit Danny. Tu ne vas pas mourir, Oncle Gage ?

— Bien sûr que non !

Il se redressa.

— Je suis un peu sonné, c'est tout.

Il se força à sourire au petit garçon, en espérant

que son sourire ne ressemblait pas trop à une grimace de douleur.

— Papa a dit qu'il fallait qu'on parte, annonça Mary. Tu ne veux pas qu'on s'en aille, hein, Oncle Gage ? Tu es content qu'on soit là ?

— Evidemment qu'il est content !

Cole ébouriffa les cheveux de sa fille.

— Oncle Gage adore la famille, pas vrai, vieux frère ?

— Pas tout le monde, répondit Gage. Il y en a que je préfère à d'autres !

Il lança à Cole un regard de connivence.

— Toi, je suis heureux que tu sois là, Mary...

— Alors c'est vrai, tu es tombé, Oncle Gage ?

— Oui, je me suis même ratatiné par terre.

— Tu as toujours été maladroit, déclara Cole.

— Merci de ta sollicitude. La prochaine fois, Mary, viens sans ton père...

— Mais je ne conduis pas, Oncle Gage. Je suis obligée de venir avec lui.

Son ton dépité fit rire Gage qui dut se tenir les côtes tant elles lui faisaient mal.

— Si tu allais nous chercher quelques biscuits,

Danny ? suggéra Kelsey. Il y en a dans le placard de la cuisine.

— Non, je veux rester ici ! répliqua Danny, se rapprochant du lit.

Il semblait paniqué. Pour refuser avec tant de véhémence de perdre Gage de vue, ne serait-ce qu'une minute, sans doute pensait-il que ce dernier allait disparaître dès qu'il aurait le dos tourné. Il était si petit quand Rick avait eu son accident. « Se peut-il qu'il fasse inconsciemment le rapprochement ? » se demanda Kelsey.

— Ne t'inquiète pas, bonhomme, je ne bouge pas, le rassura Gage.

A moitié tranquille seulement, Danny sortit de la chambre, suivi de Mary.

— C'est vrai que je me suis évanoui ? demanda Gage à Kelsey, profitant de l'absence de Danny.

— Absolument.

— Je suis désolé…

Il gesticula contre la tête de lit.

— Qu'est-ce que tu fabriques ?

— J'essaie de retirer cette attelle de malheur, ça ne se voit pas ?

Il n'avait pas parlé, il avait aboyé. Très affectée par la mauvaise humeur qu'il lui manifestait, Kelsey ravala un sanglot.

— Je suppose que tu ne veux pas que je t'aide…

— Si, ça me rendrait service, même si je ne le mérite pas.

— Pour ça non, tu ne le mérites pas !

Mais, déjà, elle se penchait sur le lit.

— Baisse la tête…

Gage sentit ses doigts sur sa nuque. Un genou sur le lit, Kelsey courba la tête pour mieux voir ce qu'elle faisait.

Elle sentait bon le shampoing, le savon et même le café. S'il n'avait été si mal en point, il l'aurait enlacée.

Mais il ne pouvait se servir que d'un bras et ses côtes le mettaient au supplice. Sans compter que Kelsey, sans s'en rendre compte, le torturait, elle aussi.

Quand il était parti, deux mois plus tôt, elle avait décidé de tourner la page. Leur aventure ne devait pas avoir de suite. Apparemment, le sort en avait décidé autrement en ramenant devant sa porte un Gage qui avait besoin d'un endroit accueillant où se reposer.

— Voilà, triompha-t-elle en passant la bande par-dessus sa tête. Maintenant tu vas me répondre : qu'est-ce que tu t'es fait au bras ?

— Je me suis démis l'épaule.

Il écarta l'attelle et posa son bras malade sur son estomac.

— Et au visage ?

Un doigt sur sa joue, elle le caressa.

— J'ai dévalé la face nord du mont Cervin, plaisanta-t-il.

— Sur le nez ? fit Cole.

— On ne va pas en parler toute la journée ! gronda-t-il, exaspéré. J'ai fait une mauvaise chute alors que j'essayais d'installer un équipement au-dessus d'un torrent, incognito. Voilà, c'est un peu raté. Je me suis écorché le nez, le bras, la jambe, les côtes. Bref, je me suis cassé la figure. Mais, à part ça, tout va bien. Enfin, presque bien. Ils voulaient me renvoyer chez moi, mais j'ai attrapé une bactérie à l'hôpital, une maladie nosocomiale et ils ont préféré me garder avant de m'envoyer en convalescence.

Kelsey avait pâli.

— Mais c'est pour ainsi dire terminé, ajouta-t-il pour la rassurer.

— Je vais voir ce que font les enfants, dit-elle soudainement, la voix blanche.

Elle sortit sans lui laisser le temps de la retenir.

Ennuyé, Gage s'agita dans son lit avec la volonté manifeste de se mettre debout.

— Laisse-la, lui dit Cole. Elle est inquiète pour toi, c'est tout. Dans deux minutes, elle ira mieux. Et reste tranquille !

— Depuis quand est-ce que tu sais ce qui est mieux pour Kelsey ?

— Je ne sais pas ce qui est mieux pour elle. J'ai seulement un peu de bon sens. Te voir dans cet état doit lui rappeler Rick. Je veux dire le décès de Rick. Quand elle aura saisi que tu n'es pas en danger, elle ira mieux.

— Je me doutais que me voir comme ça déclencherait un flot de mauvais souvenirs. Je n'aurais pas dû venir…

— Ça va aller, ne t'en fais pas. Evidemment, il aurait mieux valu que tu arrives en valeureux chevalier qu'en pauvre estropié !

— Merci, mon pote, c'est sympa de ta part ! Côté psychologie, tu n'es pas encore au point. Tu as une de ces façons de rassurer les gens…

Il hésita une seconde, puis poursuivit :

— Mon problème, c'est que j'étais censé ne revenir ici que demain.

— Ah bon ? Je croyais que tu ne revenais pas avant Noël…

— J'avais changé mes plans.

Gage jeta un coup d'œil vers la porte.

— Tu lui as fait ta déclaration ?

Gage eut un mouvement de recul.

— Je te connais, tu sais, poursuivit Cole.

— Pas si bien que ça, apparemment. Non, je ne lui ai pas fait de déclaration. Pourquoi lui en aurais-je fait ? Je ne suis pas amoureux.

— C'est ce qu'on dit ! Tu lui as dit que tu l'aimes, oui ou non ?

— De quoi tu te mêles ?

— Je ne comprends pas ce que tu attends. Un bristol ?

— Allez, ça suffit !

Si seulement il avait pu bouger ! Il aurait sauté à bas de son lit et serait parti en courant pour échapper à l'inquisition de son frère. Mais, avec sa jambe folle, il ne pouvait pas. Il était piégé.

— Conseil d'ami, insista Cole, que l'agacement de son frère laissait indifférent. La vie est courte, il faut en profiter.

— Tu parles par maxime maintenant ? On dirait une inscription de T-shirt.

— Pourquoi pas ? Il peut y avoir des dictons intelligents sur les T-shirts.

— Est-ce que maman sait que je suis blessé ?

Cole fit « non » de la tête.

— Je ne lui ai rien dit. Elle passe le week-end à Los Angeles avec Sam et Nikki. Je voulais me rendre compte par moi-même de l'étendue des dégâts avant de lui en parler. Elle avait l'intention de faire des courses et d'aller au théâtre, mais je crois qu'elle avait surtout envie de voir Jason Drummond plutôt que *Le Fantôme de l'Opéra*.

Les frères échangèrent un regard complice.

Leur mère fréquentait Jason Drummond depuis que Nikki avait présenté le vieil homme à sa belle-mère. Jason était l'homme de loi de Nikki, mais c'était aussi un ami de sa famille. D'ailleurs, l'année précédente, il avait passé la fête de Thanksgiving avec eux. Depuis, il s'était inventé mille et une raisons de venir rendre visite à Rachel Walker dans sa petite ville de Los Olivos et elle, de son côté, était subitement tombée amoureuse de Los Angeles.

— A ton avis, combien de temps encore avant qu'il ne la demande en mariage ? demanda Gage.

— Je parie que ce sera à Thanksgiving.

— Moi aussi.

Ils éclatèrent de rire et Cole se leva.

— Je vais chercher Mary et rentrer. Je prends l'avion demain matin tôt pour Sacramento.

— Bon voyage, mon vieux !

Cole était propriétaire d'une compagnie de

fret aérien qui ne comptait qu'un seul avion dont il était l'unique pilote.

— Ça marche, tes affaires ?

— Je suis submergé, je songe même à prendre un associé.

— Félicitations.

Le sourire de Gage s'évanouit. Il pointa le menton vers le couloir.

— Mary a l'air d'aller bien.

— Ça va, oui…

Le regard de Cole s'assombrit, comme chaque fois qu'il pensait à sa fille.

— Les médecins disent que ça va, mais qu'il faut encore attendre pour l'opérer. Si tu savais comme j'aimerais la voir courir et jouer comme les autres gosses de son âge !

— Sois patient. Ce moment viendra.

Cole hocha la tête et dévisagea son frère aîné.

— Tu devrais te reposer. Tu as une tête de déterré.

— Je te remercie.

— Salut…

Cole lui fit un signe de la main et s'en alla, le laissant à ses pensées.

***

Kelsey alluma le feu sous la cocotte en fonte et baissa la puissance au minimum. Elle avait décidé de préparer un bouillon de poule. Ce n'était pas vraiment un plat de saison. Le mois de septembre était à peine entamé et il faisait encore très chaud ; d'ailleurs, le ventilateur tournait. Mais Gage avait besoin de se reconstituer et la jeune femme avait estimé que rien ne lui ferait plus de bien qu'un bon bouillon aux vermicelles.

Assis à table, derrière elle, Danny et Mary parlaient fort, de tout et de rien, et lui faisaient tourner la tête. Elle n'avait pas besoin de ça ! Elle ne pensait qu'à une chose, veiller sur Gage. Dès qu'elle quittait sa chambre, elle ne songeait qu'à y revenir. Si elle avait osé, elle aurait approché une chaise de son lit et se serait assise à son chevet pour contrôler sa respiration.

C'était ridicule, elle le savait, mais elle ne pouvait s'en empêcher.

Elle ouvrit un pot d'épices et jeta deux feuilles de laurier et une branche de thym dans la cocotte d'eau bouillonnante où barbotait déjà la volaille. Gage était sérieusement blessé, certes. La guérison n'était pas encore pour tout de suite, mais ses peurs étaient infondées. Il n'allait pas mourir. Elle notait même un très léger mieux depuis quelques jours.

Rick, lui, était mort, lui susurrait insidieusement une petite voix intérieure.

Avec Gage, la situation était différente. Rick était mort sur le coup. Il n'avait pas eu la moindre chance. Dans le cas de Gage, autant qu'elle sache, le pronostic vital n'avait jamais été engagé.

Décidant d'oublier ses peurs qui ne l'aidaient pas à être efficace, elle posa un couvercle sur la marmite et se tourna vers les enfants. Avec force gestes, Danny décrivait à Mary la cabane que Gage lui avait construite dans un arbre. A l'entendre, on aurait juré qu'il s'agissait d'un palais.

— Ça a l'air cool, commenta Mary, quand il eut fini sa démonstration.

— C'est la plus belle cabane du monde ! Tu veux que je te la montre ?

Mary se tourna vers son père qui les observait depuis le seuil de la porte.

— Je peux aller la voir, papa ?

Cole jeta un coup d'œil à Kelsey.

— Oui mais faites vite. Il va falloir qu'on rentre à la maison.

— On va courir, lança Danny. T'as qu'à me rattraper.

— Je ne peux pas, se lamenta Mary. Je n'ai pas le droit de courir, parce que j'ai un trou dans mon cœur.

Danny, qui démarrait déjà, s'arrêta net.

— T'as un trou dans ton cœur ?

— Oui, les docteurs vont le réparer, mais quand je serai plus grande.

— Génial ! lança Danny. On va marcher alors.

Main dans la main, ils sortirent dans le jardin. Cole s'approcha alors de Kelsey.

— Tu l'as entendu ? Ces gosses sont inouïs. Danny trouve la maladie de Mary *géniale* !

— Les enfants n'ont pas la même notion que nous du danger. Et heureusement. Mais j'ignorais que Mary avait un problème cardiaque. Gage ne m'en a jamais parlé.

Elle prit une tasse et lui versa du café.

— Il devait penser que je t'en avais parlé, moi…

— De quel genre de « réparation » s'agit-il ?

— Elle doit penser qu'on va lui mettre une rustine comme sur un pneu de bicyclette, répondit Cole en riant. Effectivement, cette intervention n'a plus rien d'exceptionnel. Il faut simplement attendre que Mary soit plus grande. Ensuite, elle devrait pouvoir vivre normalement, comme tous les enfants de son âge.

— Ça doit être un calvaire pour toi…

Danny était en bonne santé, elle aurait dû remercier le ciel tous les jours de cette chance.

— J'essaie de ne pas trop y penser. Ce qui me sauve, c'est qu'elle ne semble pas trop en souffrir.

— L'histoire de la réparation a beaucoup impressionné Danny. Je ne serais pas étonnée qu'il réclame une rustine lui aussi !

Leur rire chassa le nuage de mélancolie qui planait sur Cole depuis que Mary avait évoqué sa maladie.

— Quel dommage que les adultes n'aient pas cette innocence des enfants qui leur permet de tout voir en rose !

— Oui… La vie serait tellement plus simple, renchérit Kelsey.

— A propos de vie simple, mon frère doit être une sacrée charge, pour toi. Je parie qu'en plus c'est un malade insupportable !

A l'évocation de Gage, Kelsey se rembrunit. Ce n'était pas faux. Sa présence était à l'origine de beaucoup de problèmes. Evidemment, ce n'était pas le moment de lui dire de partir. Il avait beau prétendre le contraire, il n'allait pas bien. Il faudrait qu'il reste là jusqu'à complète guérison et nul ne pouvait dire combien de temps cela prendrait. Des semaines peut-être ? Ce qui compliquait beaucoup la situation…

— Kelsey ?

A la voix de Cole, elle émergea de ses songes. Elle inspira une grande bouffée d'air et lui sourit.

— Pardon. J'étais dans la lune, je pensais à ce qu'il faudrait pour Gage.

— Si c'est trop lourd pour toi, on peut le ramener chez nous. Maman serait trop contente de pouvoir s'occuper d'un de ses petits chéris.

— Non, ça va. Ce n'est pas comme s'il était cloué au lit. Tout ce qu'il lui faut, c'est quelqu'un qui veille à ce qu'il ne fasse pas d'excentricités. Pas avant deux semaines en tout cas. Ensuite, s'il veut s'amuser à sauter de gratte-ciel en gratte-ciel, c'est son problème !

— Je te souhaite du courage. Je suis sûr que c'est un malade difficile.

— Je me débrouillerai.

Elle lui sourit, l'air sûr d'elle.

— Si tu le dis !

— Pas de problème, j'y arriverai.

Elle n'en était pas si sûre.

Le problème, en fait, ne se situait pas à ce

niveau. Elle se sentait parfaitement capable de surveiller son malade, ce dont elle était moins sûre c'était de pouvoir lui cacher ses sentiments. Vivant en permanence sous le même toit, combien de temps faudrait-il à Gage pour soupçonner la vérité ?

Combien de temps lui faudrait-il pour s'apercevoir qu'elle était enceinte de lui ?

Chapitre 13

— Eh bien ! Je n'aurais jamais pensé qu'une chute pouvait provoquer un tel afflux de bons sentiments familiaux, déclara Gage, qui arrivait en boitant dans la cuisine. Ils ne m'avaient jamais autant entouré !

— Ils se font du souci pour toi, répondit Kelsey. Ce n'est pas méchant.

— Ils ont tort. Je vais très bien, dit-il en s'effondrant sur une chaise.

Son frère Sam et sa femme, venus lui rendre visite, venaient juste de les quitter pour rentrer à Pasadena.

Kelsey jeta un coup d'œil à sa jambe qu'il avait étendue devant lui et à son bras, encore invalide.

— Tu as raison, tu te portes comme un charme !

— D'accord, je ne suis peut-être pas à cent

pour cent de mes capacités physiques, concéda-t-il. Mais ça va nettement mieux ; je ne suis pas à l'article de la mort. Je ne l'ai d'ailleurs jamais été. Sam et Nikki n'avaient pas besoin de venir de Los Angeles pour me le confirmer. Pas plus que Keefe. Quand je pense qu'il a fait l'aller-retour dans la nuit, c'est absurde !

— Tes frères t'aiment. Tu ne vas pas t'en plaindre quand même ! Tu préférerais que personne ne se soucie de toi ?

Kelsey continuait de trier les tomates étalées sur le comptoir, selon des critères qu'elle seule connaissait.

— Il y a peut-être un moyen terme entre se manifester discrètement et faire, comme eux, assaut d'affection ? Ça fait à peine une semaine que je suis là et ma mère est déjà venue cinq fois.

— J'aime beaucoup ta mère…

Elle prit une tomate, l'examina et la mit dans la deuxième cagette.

— Moi aussi je l'aime bien, mais il faut qu'elle arrête de me regarder comme si j'allais expirer d'une seconde à l'autre.

— C'est ta mère. C'est normal qu'elle s'inquiète. Les mères sont comme ça.

Elle jeta un coup d'œil par-dessus son épaule,

vit qu'il la regardait et replongea dans ses tomates.

— Tu veux que je te dise ? Entre elle et mes frères, je commence à me dire que Rick avait raison : il y a certains avantages à être fils unique !

Il avait mentionné Rick exprès et éprouva une certaine satisfaction à la voir se cabrer, quand elle entendit son nom.

Les heures qu'il avait passées allongé depuis l'automne avaient eu cela de bon, elles lui avaient laissé beaucoup de temps pour réfléchir. Kelsey avait occupé la plupart de ses pensées. Quand il était retourné travailler après les vacances pendant lesquelles il avait monté la serre, il avait pris conscience qu'être séparé d'elle, même six mois, ne lui ferait pas oublier la nuit de rêve qu'ils avaient passée ensemble. Pour l'oublier, il aurait fallu remonter le temps et effacer purement et simplement ces heures-là. Et comme ce n'était pas possible... Puis il avait fait cette chute spectaculaire. A la suite de quoi il y avait eu l'épisode de l'hôpital. Quand, enfin, il avait pu revenir chez Kelsey, il était plus affaibli qu'il ne l'avait pensé et avait passé les deux premières journées à dormir. Il s'était dit qu'il parlerait plus tard à la jeune femme. Qu'il attendrait d'avoir repris des forces.

Mais cela faisait maintenant une semaine qu'il était là et ils n'avaient toujours pas parlé. Kelsey s'ingéniait à garder ses distances. On aurait dit qu'elle faisait exprès de rester à l'écart.

En apparence, pourtant, rien n'avait changé. Elle était toujours aussi amicale. Ils se parlaient, riaient même à l'occasion, mais il avait noté qu'elle s'empressait de changer de sujet dès que la conversation s'engageait sur un terrain un peu trop personnel.

Il ne l'avait pas pressée, convaincu que, le temps aidant, elle finirait par cesser de sursauter chaque fois qu'il entrait dans une pièce, ou d'inventer quelque chose à faire là où il ne se trouvait pas, ou encore de s'adresser à lui comme s'il n'était qu'une relation lointaine et non ce qu'il était vraiment, un ami de longue date avec lequel, de surcroît, elle avait fait l'amour. Mais cela faisait une semaine maintenant. Et sa patience avait des limites.

— Pourquoi tu fais ça ?

Depuis qu'il avait fait référence à Rick, il n'avait plus dit un mot. Elle avait fini par oublier sa présence. Enfin, presque.

— Tu vois bien que ce sont des tomates. Je les trie, répondit-elle.

— Je ne suis pas agriculteur, mais je sais encore reconnaître une tomate d'une asperge et je vois bien que tu es en train de les trier. Ce que je te demande, c'est pourquoi tu le fais ?

Il y avait de la moquerie dans le ton.

Kelsey esquissa un petit sourire, décidée à répondre sur le même registre.

— J'ignorais que tu connaissais les tomates autrement qu'en conserve. Entières, pelées et dans leur jus…

— C'est ça ! Moque-toi de moi ! Ce n'est pas parce que j'ai fait mes études à Los Angeles et non dans un village perdu du Minnesota que je ne sais pas ce qu'est une tomate. Là-bas aussi on en trouve dans les supermarchés, bien rangées dans leurs barquettes en plastique.

Le ton sarcastique, teinté d'une nuance de supériorité, n'impressionna pas Kelsey qui lui fit un plus grand sourire encore.

— Et à ton avis, comment font-elles pour se retrouver dans des barquettes en plastique ?

Avec des gestes rapides et précis, elle faisait tourner les fruits au bout de ses doigts, éliminant ceux qui étaient tachés ou mal calibrés.

— Le responsable du rayon fruits et légumes s'en charge.

— Et où se procure-t-il les tomates ?

— Facile… Il les fait venir de l'Idaho où elles sont cultivées à la chaîne.

Il prit une tomate et la fit sauter dans la paume de sa main.

— A la chaîne ! Mon pauvre Gage, tu n'as pas le moindre sens de l'agriculture bio ! Elles poussent ici, en pleine terre. C'est ça, mon métier, je pensais que tu le savais, depuis le temps !

Elle lui reprit la tomate et la posa sur son tas.

— Quel travail ! s'exclama-t-il.

— J'aime les défis.

— Moi aussi. J'ai réussi à faire que tu me regardes dans les yeux, c'est la preuve !

Rougissant, la jeune femme piqua du nez dans ses tomates.

— Je ne vois pas ce que tu veux dire…

— Mais si… Tu vois très bien, au contraire… Ça fait plus d'une semaine que tu m'évites.

Les fesses calées contre le bord du comptoir, il croisa les bras.

— De quoi est-ce que tu as peur, Kelsey ? De devenir aveugle si tu me regardes ?

Il la transperçait de son regard bleu et il attendait une réponse.

Elle soupira, se tourna vers lui et le regarda droit dans les yeux.

— Voilà, je te regarde…

Elle aurait voulu parler d'une voix ferme et dégagée, mais elle n'entendit qu'un son fêlé sortir de sa gorge. Pour la décontraction, c'était raté.

Elle pointa tout de même le menton vers lui.

— Et je ne suis pas encore aveugle…

— Ça va venir ! se moqua-t-il.

Il ne cillait pas, les yeux fixés sur elle. Son regard était difficile à soutenir, car il semblait lire en elle et percer tous ses secrets. Affolée à l'idée qu'il puisse la deviner, elle battit des paupières.

— Il faut qu'on parle sérieusement, Kelsey…

Cette fois, sa voix était douce. Mais déterminée.

— On a déjà parlé avant que tu partes.

A quoi bon faire semblant ? Elle savait exactement de quoi il voulait parler.

— Ça ne me convient pas, reprit-il. Je ne peux pas faire comme s'il ne s'était rien passé entre nous. Tout a changé au contraire et tu le sais très bien.

Elle en était consciente, elle aussi, ô combien ! Plus encore qu'il ne l'imaginait… Avec ce bébé qu'elle attendait…

— Nous étions d'accord pour…

— C'était une idiotie ! On ne peut pas faire comme s'il ne s'était rien passé cette fameuse nuit. En tout cas, moi je ne peux pas. Et toi non plus ! Autrement, tu ne serais pas aussi nerveuse, quand je suis dans les parages.

— Nerveuse ? Je ne suis pas nerveuse, se défendit-elle. De toute manière, nous avons décidé d'un commun accord qu'il valait mieux tout oublier. Danny…

— Quoi, Danny ? Tu cherches encore des excuses !

Il lui prit le menton et la força à le regarder. Elle se laissa faire.

— Moi aussi je veux son bien, dit-il. Ce n'est pas une raison pour faire semblant d'être seulement amis. De toute façon, il s'en rendra compte.

— Ce n'est pas obligé.

— Si, parce que…

Il se pencha et prit ses lèvres.

— A cause de ça, précisa-t-il en relevant la tête.

Instinctivement, alors que rien ne l'y obligeait, elle se plaqua contre lui et, entourant sa nuque de ses bras, happa sa bouche. Aussitôt il la serra encore plus fort, lui rappelant comme c'était bon d'être dans ses bras. Elle qui avait tout fait pour tenter d'oublier la douceur de ses lèvres, la fermeté de son corps, les battements de son cœur...

Combien de temps restèrent-ils ainsi enlacés ? Elle n'aurait su le dire. Assez de temps, en tout cas, pour qu'elle se souvienne de tout... Quand il l'avait étreinte. Quand il l'avait aimée. Assez longtemps pour que, fragilisées par cette étreinte, les barrières qu'elle avait dressées autour d'elle pour se protéger ne tombent. Assez longtemps pour que resurgisse, plus violent encore, le désir intense qu'elle éprouvait pour lui.

— Ma bicyclette est à plat, Oncle Gage. Tu pourrais la réparer ?

Gage n'eut que le temps de repousser Kelsey. Danny entrait. Paniquée, la jeune femme tourna la tête vers son fils.

En arrêt devant la porte de la cuisine, Danny les regardait, les yeux arrondis de surprise. Qu'allait-elle lui dire ? Comment lui expliquer qu'elle se trouvait dans les bras de Gage, quand elle-même ne savait pas ce qu'elle y faisait !

— Danny...

Gage lui coupa la parole.

— J'arrive, bonhomme... On va s'occuper tous les deux de ce pneu, dit-il d'un ton très dégagé.

Kelsey le regarda, émerveillée. Comment pouvait-il rester aussi sûr de lui dans une circonstance pareille ? Elle qui s'apprêtait à se confondre en excuses, à genoux presque, devant son fils, quelle leçon de contrôle de soi il lui donnait ! C'était lui qui avait raison. L'incident, si l'on pouvait appeler un baiser un « incident », était à prendre à la légère. Si elle n'en faisait pas toute une histoire, Danny trouverait normal que Gage et elle s'embrassent.

Gage boita jusqu'à lui.

— Viens avec moi. On va regarder ton vélo. Je parie qu'il est moins bousillé que moi.

— Ça veut dire quoi « bousillé » ?

— « Bousillé », c'est ce qui arrive quand on est assez bête pour dévaler une montagne ou tomber d'une poutrelle, répondit Gage en montrant sa jambe encore raide.

— T'es pas bête, Oncle Gage. Moi je trouve que t'es le plus intelligent du monde !

L'adoration qui se lisait dans les yeux de Danny émut Kelsey.

— Merci, c'est gentil, mais je ne suis pas sûr que ce soit juste.

Il se pencha et ébouriffa les cheveux de l'enfant.

— Allez, allons-y…

Se tournant alors vers Kelsey, il lui sourit et lui lança, tout bas :

— Impossible de revenir en arrière, Kelsey. Il nous faut avancer, plus le choix…

Attendrie par l'image de Gage, main dans la main avec Danny qui l'entraînait dans le jardin, elle se demanda pourquoi ces deux phrases, toutes simples, sonnaient pourtant à ses oreilles comme une menace.

C'était devenu un rituel, à l'heure du coucher. Gage venait le premier et s'asseyait quelques minutes au bord du lit de Danny. Suivait Kelsey qui le bordait. Parfois Gage lui lisait un conte. Ou ils parlaient de ce qu'ils avaient fait dans la journée. Tous les deux étaient attachés à ce rituel. Pour Gage, c'était l'occasion de voir le monde à travers les yeux d'un enfant.

— Tu as embrassé maman tout à l'heure…

Gage, qui s'était pourtant attendu à la question tout l'après-midi, n'avait pas trouvé de réponse satisfaisante à faire au petit garçon. La seule chose dont il était certain, c'était qu'il ne fallait pas lui mentir.

— Oui, répondit-il.

— Et pourquoi ?

L'éternelle question enfantine… Que répondre ? Il choisit la version minimale.

— Parce que j'en avais envie.

Assis en tailleur dans son lit, Danny réfléchit. Il était tout beau, tout propre, les cheveux bien coiffés, les dents bien blanches, adorable dans son pyjama de Superman.

— Ça veut dire que tu vas être mon nouveau papa ?

Gage eut un coup au cœur.

— Qu'est-ce qui te fait dire ça ?

— Quand j'étais chez Billy Desmond, sa maman et son papa s'embrassaient et il a dit qu'ils font ça tout le temps et que c'est comme ça qu'il a eu deux petites sœurs. Alors… Si tu embrasses maman, c'est peut-être que tu vas être mon nouveau papa…

Il haussa les épaules et regarda ailleurs, l'air de dire « dans le fond, je m'en moque ». Mais Gage ne fut pas dupe. Il était plus âgé que l'enfant, quand son propre père s'était fait tuer en intervenant dans l'attaque à main armée d'une boutique de vins. Il avait donc plus de souvenirs que Danny. De là à dire si la situation était plus ou moins facile pour l'enfant… Ce qu'il savait avec certitude, c'était que Danny devait ressentir un manque, comme il l'avait ressenti lui-même.

Quelques semaines plus tôt, il n'aurait pas hésité. Il lui aurait dit qu'il ne serait jamais le père de personne, qu'il ne s'y risquerait pas. Là-dessus, il était très ferme. Il n'avait pas su être à la hauteur pour sa sœur Shannon et il n'était pas question qu'il échoue de la même manière avec un autre enfant.

Et puis, brusquement, il se dit que vingt ans de punition, cela suffisait. Qu'une erreur, même désastreuse, ne justifiait pas une vie entière de châtiment, une vie entière sans foyer, sans famille. Pour la première fois depuis ce qui était arrivé, il envisagea le fait qu'il avait largement payé.

Mais tout cela était trop compliqué pour Danny. Ce que demandait l'enfant, c'était une réponse simple, aussi proche que possible de la vérité, pas un déballage d'imbroglio psychologique mâtiné de culpabilité, vieux de vingt ans.

— Ta maman et moi, nous allons peut-être

nous marier, dit-il, choisissant ses mots avec soin.

— Tu vas pas être mon papa, alors ?

La déception de Danny était perceptible.

— Ça, je ne peux pas encore te l'assurer, mais si ça se décide, tu en seras le premier informé, O.K. ?

Après une brève hésitation, Danny hocha la tête.

— O.K.

Ce n'était peut-être pas la réponse qu'il espérait, mais aussi longtemps que son univers restait inchangé, il s'en accommoderait, d'autant qu'il ne comprenait qu'à moitié ce que Gage venait de lui dire.

— Allez, à demain, mon bonhomme.

Gage lui ébouriffa les cheveux et se leva.

— Bonne nuit, Oncle Gage…

Danny allongea les jambes et se glissa au fond de son lit.

— Bonne nuit, Danny.

Se détournant pour partir, Gage se retrouva nez à nez avec Kelsey et comprit, à sa mine, qu'elle avait surpris leur conversation. Elle passa près de lui sans même lui jeter un regard, mais il remarqua que ses yeux brillaient anormalement. Il hésita une seconde et, finalement, sortit.

*
* *

Après avoir quitté la chambre de Danny, Kelsey se rendit tout droit dans la cuisine. Curieusement, c'était toujours là qu'avaient lieu les conversations importantes avec Gage. Peut-être parce que la cafetière s'y trouvait ? Ou parce que c'était l'âme de la maison ? Ou parce qu'elle s'y tenait souvent, ayant toujours des légumes à nettoyer et à trier ou un repas à préparer ?

Pour l'heure, qu'allait-elle dire à Gage ? Pire encore, qu'allait-il lui dire ?

— Un décaféiné ? lui lança-t-il, comme elle entrait.

— Oui, merci…

Il alla prendre deux tasses dans le placard, boitant toujours. Sa jambe devait lui faire plus mal que les jours passés, car il claudiquait très bas.

— Tu restes trop longtemps debout, dit-elle. Tu as tort de forcer sur ta jambe. Laisse-moi m'occuper du café.

— Ça va aller…

Il capta son regard et ils se sourirent.

— D'accord, occupe-toi du café, dit-il en prenant place à table.

— Ça n'a pas l'air de s'arranger…

Elle désigna du doigt la jambe qu'il avait allongée devant lui.

— Si. Ça va mieux. C'est juste qu'elle me fait plus mal en fin de journée.

— Tu ne crois pas que tu en fais trop ? Tu devrais peut-être voir un médecin.

Elle versa la poudre dans le filtre et l'eau bouillante par-dessus.

— Non.

— Comme tu voudras.

Elle hocha la tête et s'assit en face de lui.

— Tu es encore plus têtu que Danny et ce n'est pas peu dire, soupira-t-elle en lui tendant le sucrier.

Danny… Le nom de l'enfant à peine prononcé, la tension grimpa d'un cran. Un silence s'installa, interrompu en pointillés par les toc toc de la cuiller contre la paroi de la tasse de Kelsey.

— Je ne veux pas que Danny souffre, dit-elle comme si elle se parlait à elle-même.

— Moi non plus. Son équilibre m'importe autant qu'à toi.

— Tu devrais t'en aller, je crois.

Elle n'avait pas prévu de lui dire cela, en tout cas pas maintenant, pas si brutalement. Elle leva les yeux vers lui. Les mâchoires crispées, le regard vide, il semblait en état de choc.

— Pourquoi ? réussit-il à articuler.

— Parce que je pense que c'est mieux, répondit-elle avec un calme effrayant.

C'était affreux de se retenir, quand elle avait tellement envie de hurler qu'il aurait dû savoir pourquoi il fallait qu'il s'en aille. Depuis le début, il avait raison. Ils ne pouvaient plus revenir en arrière.

— Si c'est à cause de cet après-midi, je ne pense pas que ça l'ait beaucoup traumatisé de nous voir nous embrasser…

— Evidemment que c'est à cause de cet après-midi !

Elle posa brusquement sa cuiller sur la table.

— Non, tu as raison. Ce n'est pas grave, mais il a quand même dû se poser des questions. Et si on recommence et qu'il nous surprend encore, il s'en posera d'autres.

— Tu penses vraiment que, si je partais, ça changerait quelque chose ? Tu penses que tu éviterais ses questions ? Ça résoudra peut-être le problème ponctuellement, mais à l'avenir… ?

— Je ne m'inquiète pas pour l'avenir, répliqua-t-elle.

Le présent était déjà bien assez compliqué sans qu'elle s'embarrasse du futur.

Elle se leva et alla jusqu'à la fenêtre. Dehors, la serre se découpait sur la nuit étoilée. Dire qu'elle l'avait tant désirée, cette serre ! Et maintenant, elle la détestait parce qu'elle cristallisait tous les problèmes qui avaient suivi le week-end où elle avait été construite. Si seulement elle n'avait pas demandé à Gage de la monter…

Non, c'était idiot de raisonner avec des si. Elle n'avait pas couché avec Gage à cause de la serre ! Elle avait fait l'amour avec lui parce qu'elle en avait envie. D'ailleurs, elle en avait toujours envie.

— Je fais mon affaire de l'avenir, reprit-elle, se tournant vers lui. Mais pour l'instant, je me concentre sur le présent. J'estime qu'il vaudrait mieux pour tout le monde que tu t'en ailles. Evidemment, tu pourras revoir Danny et me revoir moi aussi. Mais je crois qu'il ne faut plus qu'on vive sous le même toit.

Gage ne répondit pas. Muré dans son silence, il faisait tourner sa tasse dans ses mains. Puis il chercha son regard et, ses yeux bleu électrique rivés sur elle, la fixa sans ciller.

— M'en aller ne changera rien au problème, commença-t-il. Mais je partirai, si c'est vraiment ce que tu veux. Sache néanmoins que ça ne vous facilitera pas la vie pour autant. Tu sais aussi bien que moi que quelque chose de fort existe entre nous. Je n'ai pas encore mis de nom dessus, mais il est vain de faire semblant de l'ignorer. On est liés, Kelsey. Que tu le veuilles ou non, un lien s'est noué entre nous.

Il ne croyait pas si bien dire ! Evidemment qu'il existait quelque chose entre eux, elle était bien placée pour le savoir !

Soudain, ses nerfs craquèrent et elle explosa de rire, un rire nerveux, inextinguible. Les larmes affluèrent sous ses paupières.

— Kelsey ?

Il se leva et alla vers elle.

— Ça va, répondit-elle en agitant la main pour essayer de le maintenir à distance. Ça va. Excuse-moi, mais je n'ai pas pu m'en empêcher…

— J'aimerais que tu m'expliques…

Il écarquillait les yeux et elle riait toujours. Il devait la prendre pour une folle !

— Tu es en train de me dire que nous sommes liés l'un à l'autre. Si tu savais !

— Si je savais quoi ?

— J'attendais que tu sois parti pour te l'écrire. Je ne sais pas pourquoi, mais je voulais que tu t'en ailles d'abord. Non que ça change quoi que ce soit, mais…

Elle plissa le front.

— Mais quoi ? Parle !

Il l'avait prise par les épaules et la secouait.

Elle pencha la tête en arrière et le regarda, hésitant encore. Elle avait retrouvé son calme et ne riait plus. Cela faisait des semaines qu'elle redoutait ce moment, mais l'heure était venue. A la pensée qu'il allait savoir, elle se sentait apaisée.

Pauvre Gage ! Il ne s'attendait sûrement pas à pareille nouvelle.

— Qu'y a-t-il, Kelsey ?

— Je suis enceinte, Gage. J'attends un enfant de toi.

Chapitre 14

Gage la lâcha brusquement, comme si elle avait été une torche allumée, et recula.

— Non ! lança-t-il.

— Si, Gage…

Elle se sentait soulagée. Voilà, il savait. Fini les secrets, les mensonges par omission.

— Je suis enceinte et notre enfant naîtra en février.

— Mais on avait fait attention…

— Peut-être, mais la seule façon de ne pas prendre de risque c'est l'abstinence.

— Bon sang !

Le regard perdu, à la fois incrédule et paniqué, il se mit à faire les cent pas dans la pièce, malgré sa jambe fatiguée.

— Je n'avais pas envisagé ça.

— Moi non plus, mais il n'y a pas d'erreur possible. Les tests sont formels.

— Tu en es sûre ?

— Certaine. Le médecin me l'a confirmé.

— Mon Dieu !

Il se passa la main dans les cheveux, à s'en rendre hirsute. Pâle, il se pencha sur elle.

— Comment te sens-tu ? Tu vas bien au moins ? Qu'a dit le médecin ?

— Je vais bien et le médecin a dit que je suis enceinte.

— Très drôle, dit-il sans la moindre trace d'humour. Tu as très bien compris ce que je voulais dire.

L'heure n'était pas à la plaisanterie, il n'était pas d'humeur à ça.

Elle haussa les épaules en souriant.

— Tout va bien. Je suis en pleine forme. Tout devrait se passer normalement.

Normalement ? Ce n'était pas le mot qu'il aurait employé. Ce qui arrivait n'était pas normal. Plutôt incroyable. Invraisemblable. Stupéfiant. Ahurissant.

— Bien…

Il regarda son ventre comme s'il avait pu voir à travers son jean l'enfant qu'elle portait.

— Un bébé. Je n'en reviens pas, murmura-t-il.

Un bébé… C'était pire que tout ! Pire qu'une

bombe qui lui aurait explosé au-dessus de la tête. Un vrai tremblement de terre. Un tsunami.

Un bébé. C'était *la chose* qu'il n'avait jamais envisagée. Quand il lui avait parlé de lien, il ne pensait pas à ça, évidemment !

— Tu dois le savoir depuis un certain temps, dit-il brusquement. Quand avais-tu l'intention de me le dire ?

— Je ne sais pas.

Elle haussa les épaules et se dirigea vers la table.

— Je n'avais rien décidé. Il fallait d'abord que je me fasse à cette idée.

Un bébé. Son bébé. Il allait être père ! C'était excitant, dans le fond. Il n'avait aucune raison de paniquer. Les semaines passées, il avait commencé à larguer les dépouilles de ses vieux démons pour affronter le présent et le futur avec plus de sérénité. Et aujourd'hui... Aujourd'hui, l'heure n'était plus aux états d'âme.

Il boita jusqu'à une chaise et s'affala dessus, en face de Kelsey. Elle jouait avec un morceau de sucre oublié sur la table.

— Tu as l'intention de le garder ? demanda-t-il d'un ton qu'il voulait le plus neutre possible.

— Que veux-tu savoir ? Si j'ai l'intention d'avorter ?

— Oui.

— J'y ai pensé.

Elle fixait son doigt posé sur le morceau de sucre.

— Mais je ne peux pas. C'est contraire à mes convictions. Désolée si tu attendais une réponse positive.

— Kelsey…

Elle ne leva pas les yeux.

— Kelsey ?

Il lui prit la main et, alors, elle le regarda.

— Je n'ai jamais dit que je voulais que tu avortes. Jamais. Au contraire. Je veux ce bébé.

En le disant tout haut, il prit brusquement conscience qu'il voulait vraiment cet enfant. Il le désirait même plus que tout.

Un regard ne mentant jamais, Kelsey scruta son visage pour voir s'il disait vrai. Il semblait sincère.

— Moi aussi. Moi aussi, je le veux.

— C'est parfait, alors.

Il serra sa main, la relâcha puis se cala sur sa chaise. Voulait-elle cet enfant parce qu'il était de lui ou simplement parce qu'elle avait envie d'un bébé ?

Redoutant la réponse, il se garda de poser la question.

Libérée d'un poids, Kelsey poussa un ouf de soulagement. Maintenant Gage savait. Elle n'aurait plus besoin de mentir, de faire semblant. Plus besoin de se demander s'il se doutait de quelque chose. La situation était claire.

Et puis, maintenant qu'il était au courant, elle se sentait moins seule. C'était curieux. Depuis quatre ans, Gage était la personne sur laquelle elle s'était appuyée, celui vers qui elle s'était tournée dans les difficultés. Et, chaque fois, il avait anticipé ses demandes.

— Evidemment, Danny ne sait rien ? s'enquit Gage.

Kelsey, qui commençait à se détendre, se raidit de nouveau.

— Non. Et je ne sais vraiment pas comment le lui annoncer !

— Il suffit de lui dire la vérité.

— Tu veux dire…

Elle s'esclaffa nerveusement.

— Qu'on va lui raconter qu'on a couché ensemble ? Et que maintenant sa mère attend un enfant d'un homme qui n'est pas son père ?

Elle se tordait les doigts comme une enfant qui aurait fait une bêtise et attendait d'être punie. Elle était émouvante.

Peut-être, se dit-il tout à coup, pensait-elle

que c'était Rick qui aurait dû être le père de cet enfant ? Que c'était Rick qui aurait dû être là, à sa place, et se réjouir avec elle de cette merveilleuse nouvelle ? Mais Rick n'était plus là…

Une colère rentrée s'empara soudain de lui. Il se redressa sur sa chaise, puis il se ressaisit.

— Nous allons dire à Danny que nous avons fait l'amour et que maintenant tu attends un bébé. Je ne pense pas que ça le traumatise, sauf si tu en fais toute une affaire.

— Tu as sans doute raison. Il faut lui annoncer ça comme quelque chose de très naturel, approuva-t-elle.

Elle éclata de rire.

— D'ailleurs il n'y a rien de plus naturel que d'attendre un bébé. C'est seulement que ce n'était pas à mon programme des six prochains mois !

Elle se passa la main sur le front. Elle était pâle, avec des cernes violets sous les yeux. Elle était épuisée, cela se voyait.

Inquiet, il se leva. N'avait-il pas entendu dire qu'une femme enceinte avait besoin de plus de sommeil que d'habitude ?

— Si tu allais te coucher ? Tu as l'air tellement

fatiguée que j'ai l'impression qu'il suffirait d'un souffle pour te faire tomber.

— Me reposer ? Mais on a des choses à régler… des décisions à prendre.

— On verra ça demain.

Il sourit. Un sourire un peu forcé.

— Moi aussi j'ai besoin de repos.

Il rit franchement.

— Il va me falloir un peu de temps pour réaliser ce qui m'arrive.

— Tu as raison, il n'y a pas le feu, dit-elle.

— Non, rien ne presse. Repose-toi et sois tranquille, tout va bien se passer.

Tout va bien se passer ! C'était tout ce qu'il trouvait à dire ?

Elle se leva. Il n'était que 10 heures du soir, mais elle était morte de fatigue, comme si elle avait été debout depuis vingt-quatre heures. Mais elle était soulagée. Gage savait. Il n'y avait pas eu de scène, pas d'explosion de joie non plus. Il avait pris la nouvelle avec un calme incroyable. Ce qui, finalement, allait assez bien avec son personnage.

Elle s'arrêta sur le pas de la porte et se retourna. Elle crut le voir pâle, triste et le regard absent. Non, elle se trompait, c'était un effet de la lumière. Au contraire, il la regardait en souriant.

Elle voulut lui dire quelque chose, lui dire que… mais, incapable de trouver les mots justes, elle se contenta d'un :

— Bonne nuit…

— Bonne nuit, Kelsey.

Une envie de lui dire beaucoup d'autres choses, tout ce qu'elle avait en elle, la submergea. Mais elle n'avait plus la force de chercher ses mots.

Après un hochement de tête elle quitta la cuisine, le laissant seul devant la table.

Gage prit le volant et se laissa conduire par sa voiture. Peu importe où elle le mènerait, tout ce qu'il voulait c'était s'éloigner de la maison pour pouvoir penser. Etre seul et penser. Sa Corvette, qu'il garait chez sa mère quand il partait, l'attendait devant chez Kelsey où Cole, gentiment, la lui avait amenée.

Il avait passé la nuit à fixer le plafond, ressassant ce qui lui arrivait. Avait-il vraiment envie d'être père ? Qu'en pensait Kelsey ? Qu'en dirait Danny ?

L'aube pointait déjà quand il s'était endormi et, à son réveil, un peu plus tard, il était aussi fatigué que s'il n'avait pas du tout fermé l'œil.

Sa douche l'avait revigoré et il s'était planté

devant le miroir, cherchant dans son reflet des signes visibles des changements qui s'opéraient dans sa vie. Il n'y en avait aucun, bien sûr, à l'exception de son teint gris et de ses yeux cernés.

Il se demandait si Kelsey allait changer d'attitude avec lui. Maintenant qu'il était au courant, allait-elle être moins revêche, moins fuyante ? Allaient-ils retrouver enfin un peu de leur belle complicité d'autrefois ?

La veille au soir, après son aveu, elle lui avait semblé un peu moins contractée mais, ce matin, qu'en serait-il ? Les femmes enceintes avaient la réputation d'être d'humeur changeante, imprévisibles. C'était peut-être d'ailleurs tout simplement pour cela qu'il avait trouvé des changements en elle ? Parce qu'elle était enceinte et que son humeur en était altérée...

Il songea soudain qu'il n'avait pas à se soucier tout de suite de sa matinée. Il ne verrait pas Kelsey. On était samedi et elle était au marché à Santa Barbara comme tous les samedis matin. En effet, elle avait laissé un mot sur le comptoir de la cuisine.

Il avait jeté le mot dans la poubelle et s'était servi une tasse de café. Kelsey étant au marché,

Danny chez ses grands-parents, il était donc tout seul.

Ses yeux s'étaient posés sur sa Corvette et, une demi-heure plus tard, il démarrait. Il avait décapoté et ses cheveux battaient au vent. La brise aidant, il espérait se laver la tête de tous ses soucis.

Il roula, sans savoir où il allait, préférant aux autoroutes encombrées de familles qui partaient en week-end les petits chemins de campagne pour lesquels son auto n'était pas adaptée. Le soleil déclinait quand il se décida à faire demi-tour pour rentrer. Il avait laissé un mot à Kelsey aussi neutre que le sien, pour ne pas qu'elle s'inquiète, mais il avait eu brusquement très envie de la voir.

Pourtant, sans savoir ni comment ni pourquoi, il se retrouva devant chez sa mère et entra dans la maison où il avait grandi. C'était là qu'il avait besoin d'être à cet instant. Il n'avait pas encore envisagé ce qu'il lui dirait, s'il parlerait du bébé, mais il avait envie de passer un moment avec elle, dans sa présence apaisante.

— Maman ?

Pas de réponse.

La maison fouillée pièce après pièce, il sortit

dans le jardin. Rachel Walker était là, agenouillée dans son potager, son arrosoir posé près d'elle.

— On ne t'a jamais dit qu'il vaut mieux fermer sa porte quand on est seul chez soi ?

Au son de sa voix, Rachel se retourna, très calmement. Les bords de son chapeau de paille rabattus sur les yeux, elle ne semblait pas surprise de le trouver chez elle à cette heure. Il faut dire qu'elle n'était pas femme à s'étonner volontiers. A la suite de son veuvage, elle avait appris à accepter les choses comme elles venaient — surtout les choses agréables, comme la visite d'un de ses fils —, sans perdre de temps et d'énergie à se poser des questions inutiles.

— Gage... Comment vas-tu, mon fils ?

— Bien... Je trotte comme un lapin, maintenant...

— C'est ce que je vois. Autrement, tu n'aurais pas pu conduire jusqu'ici.

— Sérieusement, tu ne devrais pas laisser ta porte ouverte, maman, surtout quand tu es occupée au jardin.

— Sam me le dit aussi chaque fois qu'il vient. Mais, comme il est policier, je n'y fais pas attention. Défaut professionnel !

Elle enleva un de ses gants de jardinage.

— Il ne voudrait pas qu'il t'arrive quelque

chose, comme nous tous. Les faits divers, ça n'arrive pas qu'aux autres.

Il se pencha pour arracher une mauvaise herbe dans la pelouse.

— Je sais, mon garçon. Je sais. Mais je ne suis pas seule. Tu oublies que j'ai Hippo avec moi ; je ne pense pas que quelqu'un oserait se frotter à lui.

Gage lança un coup d'œil du côté du molosse qui se dorait au soleil près de l'énorme eucalyptus qui ombrageait la maison. Sa mère avait raison, Hippo était dissuasif mais par la taille seulement. Le seul risque qu'il présentait, c'était de vous bousculer en se précipitant sur sa gamelle. A part cela, il était doux comme un agneau.

— Tu parles d'un chien de garde ! Il faudrait que le voleur soit couvert de croquettes et que le chien le lèche jusqu'à la moelle pour risquer quelque chose !

— Je n'ai pas peur, dit Rachel, péremptoire, mettant un terme à une conversation qu'elle jugeait non avenue.

D'ailleurs, elle avait renfilé son gant et n'écoutait déjà plus.

Gage la regarda en souriant.

Souris, le chat, traversa la pelouse pour venir se frotter à ses jambes, en quête de caresses.

C'était Mary, la fille de Cole, qui avait baptisé les deux animaux de la maison.

Le tableau était apaisant. Où qu'elle soit, sa mère avait un don pour générer la sérénité, comme en ce moment. Agenouillée sur sa plate-bande, elle faisait des trous dans la terre avec un drôle d'outil pointu pour planter des bulbes. Elle travaillait en silence, car le silence ne lui faisait pas peur. Au contraire, elle l'aimait, elle en avait besoin.

— Kelsey est enceinte…

Gage réalisa qu'il venait de parler tout haut. Rachel tourna la tête vers lui.

— Si tu m'en parles, je suppose que c'est parce que le bébé est de toi ?

Il opina.

— Je le sais depuis hier soir.

— Elle a l'intention de le garder ?

Rien dans le ton de la voix ne laissait deviner ce qu'elle en pensait.

— Oui… Elle dit qu'elle veut ce bébé.

Il se pencha pour arracher une autre mauvaise herbe, histoire de se donner une contenance, en attendant la suite. Sa mère avait trop à faire avec ses fleurs pour perdre du temps avec le gazon, qu'elle trouvait « ennuyeux en diable », comme elle disait.

— Et toi ? Tu le veux, ce bébé ?

— Beaucoup plus que je ne l'aurais cru.

— C'est parfait, alors. Il n'y a pas de problème, répondit simplement Rachel.

Elle prit un bulbe dans le conteneur posé à côté d'elle, l'enfouit dans la terre et le noya sous l'eau.

Attendri, Gage observait chacun de ses gestes. Combien de fois depuis qu'elle habitait cette maison avait-elle accompli les mêmes gestes ? Il y avait quelque chose de rassurant dans la régularité et la lenteur de ce travail.

— Pas de problème, non, sauf que je n'avais pas prévu de devenir papa…

— La vie est comme ça, Gage. On est parfois surpris par ce qu'elle nous réserve.

Elle enfouit un autre bulbe dans un trou et mouilla copieusement la motte.

— Je me reprocherai toujours ce qui est arrivé à Shannon…

— Je sais.

Elle avait reposé l'arrosoir — il nota que ses mains tremblaient — et s'assit sur ses talons.

— Tu ne pouvais rien faire.

— Si !

Il hocha la tête.

— Je savais que ce n'était pas le week-end où

elle devait aller avec Seth. Je connaissais, comme tout le monde, les règles des droits de visite.

— Tu n'avais que seize ans et c'était son père.

— C'était un salaud ! cria Gage, laissant libre cours à vingt ans de colère. Un vrai salaud !

— Oui. Mais si quelqu'un a des reproches à se faire, c'est moi.

Comme il protestait, elle leva la main pour le faire taire.

— Je n'aurais jamais dû l'épouser.

— Tu ne savais pas qui il était.

— Non, mais je savais que c'était trop tôt après la mort de ton père.

Elle baissa les yeux comme si elle avait honte.

— J'étais seule et je pensais que vous aviez tous besoin d'un père. Et Seth était gentil.

Elle soupira et serra très fort la binette qu'elle tenait à la main.

— J'aurais dû divorcer tout de suite, mais j'avais l'espoir que ça s'arrange. Ensuite, après le divorce, quand Shannon est née, je l'ai accueillie comme un don du ciel. Tous, vous aviez recommencé à rire ; c'était comme si nous étions redevenus une famille. Quand Seth a insisté pour faire valoir ses droits de visite, je ne me suis pas inquiétée, persuadée qu'il se lasserait très vite de ces obligations. Je ne me faisais pas de souci non plus pour Shannon. Je me disais que si elle n'avait pas de père, il y avait vous quatre pour compenser.

Rachel releva la tête et le regarda. Elle avait les larmes aux yeux.

— Quand Seth l'a emmenée, j'ai cru mourir de chagrin, dit-elle doucement. Mais jamais, au grand jamais, je ne t'ai rendu responsable de cet enlèvement.

— Tu n'avais pas besoin de me faire de reproches, je m'en suis assez fait moi-même. Je pense encore que j'aurais dû dire quelque chose, faire quelque chose, me battre avec lui si nécessaire. Mais, au lieu de ça, je l'ai laissé l'emmener sans réagir.

— Tu étais jeune. Lui était un adulte. On était tous à mille lieues de penser qu'un jour il kidnapperait Shannon. D'autre part, pour enlever Shannon comme il l'a fait, il devait avoir perdu la raison et il aurait pu te blesser si tu t'étais interposé.

— J'aurais peut-être pu l'arrêter.

Cela faisait vingt ans qu'il vivait avec ce sentiment de culpabilité. S'il ne s'était pas laissé impressionner par le ton menaçant de Seth

Hardesty, Shannon serait sans doute toujours parmi eux au lieu d'être Dieu seul sait où.

— Non, répliqua aussitôt Rachel. Tu n'as fait que ce que tu pouvais faire et cesse de t'adresser des reproches. Je te l'ai déjà dit mille fois, mais tu ne veux pas m'entendre.

Gage hocha la tête.

— Tu as peut-être raison. N'empêche, j'ai toujours estimé que je n'avais pas fait le maximum pour empêcher ça. C'est pour ça que j'avais décidé que je n'aurais jamais d'enfant... Puisque j'ai été incapable de sauver Shannon...

Il y eut un silence puis Rachel reprit :

— Je ne savais pas que j'avais élevé un dadais pareil !

— Pardon ?

— Voyons, Gage, tu es trop grand maintenant pour avancer de tels prétextes pour excuser ton refus de t'engager !

— Je ne...

— J'avais compris que tu voulais te punir pour ce qui était arrivé à Shannon. Je savais que tu te faisais des reproches, mais je ne me doutais pas que ça te servait d'alibi pour tout excuser.

— Pas du tout, protesta-t-il. C'est faux !

Elle avait les yeux qui brillaient. Un regard qui rappela à Gage l'époque où, petit garçon, elle lui faisait les gros yeux quand, jouant aux cartes avec ses frères, il trichait sans vergogne.

— Tu sais pourquoi tu ne t'es jamais fixé quelque part, jamais marié ?

— Parce que je pensais qu'il valait mieux pas, répondit-il, honteux de la platitude de sa réponse.

— Absurde !

Rachel agita son plantoir dans sa direction.

— Tu ne l'as pas fait parce que tu as toujours été amoureux de Kelsey.

— Amoureux de… Tu plaisantes !

Il la fixa comme si elle avait dit une incongruité.

— Je ne suis pas amoureux de Kelsey. C'est la femme de Rick. Enfin, plus maintenant. Mais c'était sa femme et lui était mon meilleur ami.

— Qu'est-ce que ça vient faire là ?

Elle brassa de nouveau l'air devant elle.

— Je ne peux pas être amoureux de la femme de mon meilleur ami.

— Pourquoi pas ?

— Parce que…

Il s'arrêta et la regarda. A cet instant, il sentit quelque chose céder en lui. Une très, très vieille résistance.

Plaquant la main sur sa poitrine, il inspira profondément. Dedans, ça lui faisait mal. Comme une brûlure…

Bon Dieu, sa mère avait raison !

Il aimait Kelsey. Il l'aimait depuis si longtemps qu'il ne savait plus quand ça avait commencé. Si… Pendant le cocktail de son mariage avec Rick, quand elle lui avait tendu la main. Et puis cet amour s'était installé quand elle lui avait demandé d'être le parrain de Danny et lui avait déposé le bébé dans les bras, preuve de la confiance qu'elle lui faisait.

— Doux Jésus…, murmura Rachel.

Le regard perdu au loin, il sombra dans le flot de ses souvenirs. Elle était partout dans sa vie, sous ses paupières. Kelsey en train de pouffer de rire. Kelsey, son bébé dans les bras qu'elle couvait du regard. Kelsey effondrée, pleurant contre son épaule après la mort de Rick. Kelsey et ses yeux gris brûlant de passion. Kelsey, les bras autour de son cou, blottie contre lui.

Bien sûr qu'il l'aimait ! Comment aurait-il pu en être autrement ?

— Oui, je l'aime, chuchota-t-il, autant pour sa mère que pour lui.

— Franchement, Gage, je commence à

penser que tu n'es pas aussi brillant que tu en as l'air !

La voix était taquine, mais elle pleurait doucement.

— Tu es le dernier à t'en rendre compte. Sam a perdu cent dollars à cause de toi. Il avait parié avec Keefe que tu la demanderais en mariage avant de repartir travailler, en juillet dernier. Et, cette semaine, il a encore perdu cent dollars avec Cole ; cette fois-ci il avait parié que ce serait avant la fin du mois.

— Pourquoi ? Ça se voyait tant que ça ?

Comment avait-il pu être le seul à ne pas se rendre compte de ce qu'il éprouvait pour elle ?

— Pour ceux qui te connaissent, c'était même évident, dit-elle. Si ça peut te rassurer, je pense que Kelsey est aussi aveugle que toi ! Ou aussi sotte !

Kelsey…

Ce n'était pas parce qu'il était amoureux d'elle qu'elle l'était forcément. Elle aimait tellement son Rick.

— Il faut que je parte, dit-il.

Il s'approcha de sa mère en claudiquant, prenant soin de ne pas piétiner ses plantations.

— Merci, maman.

Elle se leva et le serra dans ses bras.

— Je t'aime, Gage... Kelsey, Danny et le futur bébé ont beaucoup de chance de t'avoir. Montre-toi à la hauteur.

— J'essaierai, promit-il en l'embrassant.

Arrivé à la porte, il se retourna un instant et la regarda avec attendrissement.

— Je fermerai en sortant, lança-t-il. Tâche de ne pas rouvrir derrière moi !

Elle agita sa binette en signe d'acquiescement.

Sachant pertinemment qu'elle ne changerait pas un iota à ses habitudes, il sourit et s'en alla.

Chapitre 15

Gage rentra directement chez Kelsey. Maintenant qu'il savait exactement où il en était de ses sentiments pour elle, il voulait la voir et parler avec elle immédiatement.

Comment avait-il pu être pareillement aveugle ? Du vivant de Rick, il avait occulté cet amour et c'était bien normal. Mais aujourd'hui ? Cela faisait quatre ans maintenant que Rick était décédé. Il aurait dû se rendre compte depuis longtemps que ce qui les rapprochait, Kelsey et lui, était bien plus qu'une simple amitié. Il y avait d'abord eu ce baiser. Puis la nuit qu'ils avaient passée ensemble, cette fameuse nuit où ils avaient conçu le bébé. Pourquoi n'avait-il rien voulu voir ?

Sa mère avait raison, il n'était qu'un idiot !

Il se gara en entrant dans l'allée et coupa le moteur. Il avait peut-être été aveugle, sourd et muet ces dernières années mais, aujourd'hui, il était parfaitement lucide et il savait ce qu'il voulait. Quoi qu'il ait pu se raconter jusqu'à présent, il voulait Kelsey ; il voulait fonder une famille avec elle. Il voulait une maison avec un jardin entouré d'une barrière peinte en blanc, des enfants criant et courant sur la pelouse et deux autos dans le garage. Tout ce qu'il avait dédaigné si longtemps !

Il claqua la portière et resta un instant immobile à regarder la maison.

Plus qu'une maison, c'était un nid, un cocon. Non parce qu'il avait passé des heures à la repeindre et à la bricoler, mais parce que c'était là que Kelsey vivait ; Kelsey, Danny et leur futur bébé.

Un flash l'aveugla soudain. La silhouette de Rick devant cette même maison. Rick serrant Kelsey dans ses bras, qui elle-même berçait Danny. Il devait avoir six mois à l'époque. Ils avaient discuté de la couleur de la façade. Elle voulait du blanc avec des volets bleus, Rick l'accusait d'être trop conventionnelle. Il avait suggéré d'autres teintes, lavande avec des volets mauves. De fil en aiguille, ils en étaient arrivés au rouge avec des volets noirs et, pour finir, ils avaient tous éclaté de rire.

L'estomac noué, Gage soupira. Rick avait été son meilleur ami. Ils étaient tellement proches qu'il le considérait même comme son frère. C'était triste de se dire qu'il ne pouvait voir grandir Danny, que ce n'était pas lui qui avait joué au ballon avec lui, que ce n'était pas lui qui lui avait appris à monter à bicyclette. Si Gage avait pu ramener Rick à la vie, il l'aurait fait et il aurait tu à jamais ses sentiments pour Kelsey. Mais rien ne pouvait leur ramener Rick, et la vie devait continuer.

Quelque chose lui disait que Kelsey et lui étaient faits l'un pour l'autre, mais peut-être prenait-il ses rêves pour la réalité ? L'avenir le dirait. En tout cas, il ferait tout pour convaincre la jeune femme.

— Je continuerai à prendre soin de Kelsey et de Danny, promit-il tout haut au fantôme de son ami. Je ne cherche pas à prendre ta place, je veux juste me faire une petite place à moi. Je suis sûr que tu me comprends.

Il attendit. Quoi ? Un coup de tonnerre ? Un éclair ? Un signe du ciel ? Rien ne se produisit. Plus que jamais persuadé du bien-fondé de sa décision, il marcha vers la maison.

Qu'allait-il dire à Kelsey ? Il n'en savait rien encore. Il improviserait. Pouvait-il lui dire qu'il était amoureux d'elle depuis des années, mais qu'il venait seulement de le réaliser pleinement ?

Il haussa les épaules.

Si l'amour qu'il nourrissait pour elle venait de lui apparaître comme une évidence, il n'était pas certain qu'elle éprouve le même sentiment pour lui. Jusqu'à présent, il n'avait perçu chez elle aucun signe d'amour. Si elle ne l'aimait pas aujourd'hui, c'est qu'elle ne l'avait jamais aimé et ne l'aimerait jamais.

Il ouvrit la porte et, d'un pas décidé, entra. Il se sentait nerveux comme un adolescent qui se rend à son premier rendez-vous. Ridicule ! Pour l'instant rien n'avait changé, il n'avait qu'à rester naturel.

— Kelsey !

Apparemment, elle n'était pas là.

Il chercha dans le salon, dans la cuisine, puis sortit dans le jardin. Elle ne s'y trouvait pas, ce qui n'était pas étonnant étant donné l'heure tardive.

Il rentra dans la maison et regarda par la fenêtre. Sa voiture était là, mais ni Danny ni elle ne semblaient dans les parages. Sans doute Danny était-il chez ses grands-parents paternels ? Cela lui arrivait assez fréquemment. Sans doute était-ce un de ces week-ends qu'il passait chez eux ?

Cela n'expliquait pas l'absence de Kelsey. Peut-être était-elle couchée ? Ou prenait-elle une douche ?

« Pourvu qu'elle n'ait pas glissé dans la douche ! » se dit-il, se rappelant que les femmes enceintes ont parfois des faiblesses.

Essayant de se raisonner, il courut malgré tout vers la salle d'eau. Il voulait être certain qu'elle n'ait pas eu un malaise.

Personne. Elle avait dû aller se promener.

Si d'ici un quart d'heure, elle n'était pas rentrée, il irait sillonner les rues alentour. Pour l'heure… Il allait dans sa chambre quand il entendit un bruit. Des pleurs. On sanglotait…

Kelsey ne réalisa qu'elle n'était plus seule que quand elle sentit la main de Gage sur son bras.

— Va-t'en, lui lança-t-elle.

Il ne l'avait pas vue en jetant un rapide coup d'œil dans sa chambre, car elle était dans son lit, la tête enfouie dans l'oreiller.

— Viens dans mes bras, lui dit-il, sans tenir compte de ses protestations.

— Va-t'en, répéta-t-elle.

Elle avait agrippé le devant de sa chemise et la froissait dans ses doigts.

Bouleversé par son chagrin, Gage insista :

— Que se passe-t-il, Kelsey ?

Elle ne répondit pas et continua de sangloter.

Tendrement, il lissa ses cheveux et la laissa pleurer.

Pauvre Gage ! Elle était injuste envers lui. Elle lui volait sa force et, pour le remercier, elle pleurait, alors qu'il n'était pour rien dans sa détresse.

— Qu'y a-t-il ? insista-t-il.

Elle hoqueta.

— Laisse-moi, je veux être seule…

— Kelsey, réponds-moi ! Que se passe-t-il ? C'est Danny ?

— C'est… c'est ta mère. Elle… elle a téléphoné et…

— Et quoi ? Arrête de pleurer, tu vas te rendre malade. Je viens de la quitter. Il lui est arrivé quelque chose ? Elle ne va pas bien ?

— Si, si, elle va bien.

Kelsey ravala ses larmes.

— Elle voulait m'inviter à un anniversaire le week-end prochain et…

— A l'anniversaire de Sam.

Gage recula pour mieux la voir.

— C'est pour ça que tu pleures ? Tu n'es pas obligée d'y aller si ça ne te dit rien.

— Bien sûr que j'ai envie d'y aller, ce n'est pas ça !

Il attrapa la boîte de mouchoirs en papier et la lui tendit. Elle en prit plusieurs, se moucha.

Comment lui expliquer ce qu'elle ressentait, alors qu'elle n'en savait rien elle-même ? C'était la voix de Rachel qui l'avait ébranlée. Elle était tellement douce, tellement chaude, tellement... Kelsey ne savait comment expliquer ce qu'elle avait éprouvé. C'était comme si, pour une fois, on l'avait aimée. Rachel lui avait parlé comme si elle avait fait partie de sa famille, de cette famille si chaleureuse, une famille comme elle en avait toujours rêvé.

— Je ne sais pas ce que maman a pu te dire qui te fasse tellement pleurer.

Il dégagea la mèche de cheveux de son front. Au contact de ses doigts, les larmes redoublèrent.

— Elle nous a invités Danny et moi et j'ai décliné son offre. Je lui ai dit que j'estimais que ce n'était pas notre place, que c'était une fête de famille. Et elle a dit… elle a dit que nous étions de la famille maintenant.

Sa voix se brisa. Un sanglot lui échappa.

— Je sais qu'elle dit ça parce que tu lui as parlé du bébé. Et malgré ça, à un certain moment, j'ai cru qu'elle était sincère.

Elle plongea le bout du nez dans un mouchoir et hoqueta de plus belle.

Elle était sens dessus dessous. Mais pourquoi ? Parce que sa mère avait été trop gentille avec elle ? C'était un comble !

— Je suis sûr qu'elle était sincère, décréta Gage. N'oublie pas que c'est son petit-enfant que tu portes.

Comme cette déclaration la faisait pleurer plus encore, il changea de tactique.

— Il n'y a pas de quoi te sentir flattée. Ma mère invite n'importe qui, quand elle fait une fête ! Un jour, elle nous a ramené un jeune clochard qu'elle avait ramassé sur le trottoir et nous a annoncé qu'elle l'adoptait. Il nous a fallu des semaines pour la convaincre de le rendre à sa famille. Il y a eu aussi ce vieillard qu'elle a croisé au parc. Il ne parlait pas un mot de notre langue et c'était rude. On a fini par comprendre qu'il arrivait tout droit de Lituanie et qu'il avait demandé l'heure à ma mère, qui n'avait pas compris que c'était un touriste!

Il hocha la tête.

Kelsey venait de rire, pas très fort, mais elle avait, au moins, cessé de pleurer. Il lui tendit de nouveau la boîte de mouchoirs dans laquelle elle puisa un gros paquet. Elle se moucha et s'appuya sur son bras.

— Je ne te crois pas, dit-elle en le regardant avec ses yeux gonflés.

— Est-ce que je te mentirais à propos de ma propre mère?

Il plaqua la main sur son cœur.

— Je veux bien croire ton histoire de clochard qu'elle a kidnappé, mais je ne crois pas à celle du Lituanien.

Elle réussit à sourire.

— Je vais dire à ma mère de faire attention à ce qu'elle te raconte. Je ne veux plus te voir dans cet état. Si c'est à l'idée de revoir mes frères, je te comprends; moi aussi, ils m'ont fait pleurer plus d'une fois!

Elle ferma les yeux. Elle recommençait à se sentir bien. Il la protégeait et c'était bon, non qu'elle ne puisse se prendre en charge elle-même, mais c'était doux de se dire qu'elle n'était plus toute seule.

Pourquoi le coup de téléphone de Rachel Walker l'avait-il à ce point bouleversée ? Comment expliquer à Gage qu'entendre sa mère lui dire qu'elle faisait partie de la famille l'avait émue ? C'était parce que c'était son vœu le plus cher. Non seulement parce qu'elle portait cet enfant, non seulement parce que les Walker étaient des gens adorables, mais parce qu'elle rêvait de faire partie de cette famille, comme Nikki, la femme de Sam. Parce que, là, elle serait aimée.

Elle voulait que Gage la regarde comme son frère Sam regardait sa femme, comme si elle était tout pour lui.

Elle voulait qu'il l'aime.

Les yeux toujours fermés, elle se lova dans ses bras. Pourquoi lui avait-il fallu tant de temps pour prendre conscience que c'était là qu'elle voulait être ? Comment avait-elle pu être aveugle à ce point ?

Au tout début, quand elle avait découvert qu'elle était enceinte, sa première réaction avait été l'euphorie. C'était plus tard qu'elle avait pensé à Rick. Elle s'était alors reproché sa joie et s'était dit qu'elle le trahissait.

— Le bébé bouge déjà ?

Sa question lui fit rouvrir les yeux. Il fixait sa taille comme pour y déceler un signe.

— Pas encore. Il faudra attendre quelques semaines avant qu'elle ne bouge.

— Elle ? Tu sais déjà que c'est une fille ?

Les yeux de Gage se mirent à pétiller très fort. Ils n'avaient jamais été aussi bleus, aussi brillants.

— Non, mais je le sens.

— Une fille, murmura-t-il. Oui, ça me plairait assez…

Il posa la main sur sa taille et Kelsey, bouleversée par la tendresse de son geste, frissonna. A son tour, elle posa la main sur la sienne.

— Si c'est une fille, on l'appellera Shannon, si tu es d'accord. Comme ta sœur…

Gage releva la tête brusquement.

— Comment sais-tu ?

— Rick m'en avait parlé, dit-elle, surprise par la brutalité de sa réaction. Il m'en a parlé très longtemps après notre mariage.

— Qu'et-ce qu'il t'a dit ?

— Que tu avais une demi-sœur, Shannon, et que tu étais chargé de la surveiller quand son père est arrivé et l'a kidnappée.

— Tu le savais et tu m'as quand même demandé d'être le parrain de Danny ?

— Evidemment !

Surprise, elle le fixa.

— Nous en avions discuté avec Rick et étions d'accord tous les deux : tu étais la personne en qui nous avions le plus confiance.

— Le plus ?

— Oui, totalement.

— Je ne te crois pas.

— Tu as tort. Nous avions fait le bon choix, non ? Tu t'es tout le temps occupé de Danny. Et de moi. Tu n'as jamais failli.

Gage hocha la tête et rit.

Ils restèrent ainsi un moment, assis, en silence, Kelsey blottie au creux de sa poitrine, la main de Gage lui caressant le ventre.

— Epouse-moi.

Il le lui demanda si doucement qu'elle crut avoir mal entendu.

— Pardon ?

— Epouse-moi, répéta-t-il.

— Je… Tu… Pourquoi ?

Elle aurait voulu ravaler le mot, mais il était trop tard. Elle l'avait dit. Et maintenant elle redoutait sa réponse. N'allait-il pas lui dire qu'il l'épousait parce que c'était ce qu'il y avait de mieux à faire ? Par obligation, en somme.

— Je pourrais t'énumérer une kyrielle de raisons. Je pourrais te dire que c'est parce que c'est ce qu'il faut faire et que ça simplifiera tout.

Je pourrais aussi mêler Danny à l'histoire et te dire que c'est pour lui, parce que, autrement, il ne comprendrait pas.

Il leva les yeux de son ventre pour scruter son visage. Elle crut y voir une expression qui ne laissait planer aucun doute sur ce qu'il ressentait.

— Mais tu ne veux pas me le dire tout de suite, pour ne pas me faire de peine, c'est ça ?

Son cœur battait très fort. Si elle ne se calmait pas, il allait exploser.

Il caressa ses joues, ses doigts tremblaient.

— Je t'aime, dit-il doucement. Je t'aime depuis très, très longtemps, mais je n'osais pas me l'avouer.

Il laissa échapper un drôle de rire, court, nerveux.

— Il a fallu que ce soit ma mère qui me mette les points sur les i, tu imagines ! Je sais qu'il y aura beaucoup d'épreuves à surmonter.

— Ah ? dit-elle, déçue et inquiète.

— Je sais que tu aimais Rick, dit-il douloureusement. Je sais aussi qu'il ne voudrait pas que tu passes le reste de ta vie à le pleurer.

— Ma mère dit la même chose.

— C'est vrai ? Elle a raison. Rick n'était pas quelqu'un à rester accroché au passé.

— C'est juste.

Kelsey releva une grosse mèche de cheveux du front de Gage.

— Il disait tout le temps que s'attarder sur le passé c'était une perte de temps.

— Il serait le premier à t'inciter à continuer de vivre, poursuivit Gage.

— Oui.

Elle posa un doigt sur ses sourcils broussailleux et en dessina les contours.

— Je veux que tu saches que si tu ne souhaites pas te marier, je serai toujours là quand même pour Danny et toi. Et pour le bébé. Tu n'as pas à me donner de réponse tout de suite.

— Si.

— Prends ton temps et si tu…

Elle porta la main à ses lèvres, le réduisant au silence.

— C'est oui, Gage.

Il prit sa main et la dégagea de sa bouche.

— C'est oui ? répéta-t-il, presque incrédule.

— Oui. Tu veux savoir pourquoi ? Parce que je t'aime.

Elle sourit.

— Quand j'ai parlé à ta mère, j'ai réalisé que je m'étais accrochée au passé et que je tenais le fantôme de Rick comme un bouclier entre la vie et moi, tant j'avais peur d'être de nouveau malheureuse. Maintenant, j'ai peur de te perdre toi aussi, mais j'ai encore plus peur de vivre sans toi.

Le dernier mot fut étouffé par le souffle de Gage qui prenait ses lèvres. Un baiser qui n'était que tendresse, espérance, amour. Quand il y mit fin, il appuya son front contre celui de Kelsey et caressa son ventre.

— Si c'est une fille, je ne tiens pas à ce qu'elle s'appelle Shannon, parce qu'il y en a déjà une dans la famille, même si nous ignorons ce qu'elle est devenue. Que dirais-tu plutôt de Rachel ? Parce que, sans maman, il nous aurait fallu encore quelques semaines pour en arriver là !

Kelsey éclata de rire.

— Vive les futures belles-mères qui se mêlent de tout !

Il rit et reprit ses lèvres pour le plus fougueux des baisers.

PRÉLUD'

Le 1er Juin

Prélud' n°146

Sur les rives de Meadow Lake- Ann DeFee

Un été, Jasmine et Charlie se donnent l'un à l'autre, pour la première fois, avec l'ardeur de leurs seize ans, et certains qu'ils ne se quitteront plus. La vie, ses aléas mais aussi ses divines surprises, va-t-elle leur donner tort... ou bien raison ?

Prélud' n°147

La place d'une autre - Kimberly Van Meter

Alors qu'elle espère refaire sa vie avec Dean, Annabelle sent qu'on lui reproche de vouloir le détourner du souvenir de son ex-femme et de chercher à se nicher dans la place et les rêves qu'elle a laissés derrière elle...

Prélud' n°148

Le promeneur de la plage - Carrie Alexander

Connie se tient à l'écart de Sean, ce mystérieux étranger qui fait de longues promenades le long de la plage. Mais, un jour, c'est lui qui vient frapper à sa porte : la fillette de Connie a failli se noyer et il la lui ramène...

Prélud' n°149

Espoirs secrets - Kay Stockham

Jen est malheureuse, elle déteste ses formes. Poussée par une amie, elle accepte de s'inscrire dans un club de sport. Là, elle rencontre Nick – son coach, un homme si séduisant qu'elle est persuadée qu'il ne voit en elle qu'une pauvre fille déprimée. Pourtant, la réalité est tout autre.

Prélud' n°150

Comme passent les nuages - Holly Jacobs

Alors que sa petite Emma est dans le coma, et que son mari, incapable de supporter la situation, l'a laissée tomber, Carolyn renoue avec son meilleur ami d'enfance, Stephan...

Best-Sellers n°375 • roman

L'héritière australienne - Lynne Wilding

A la mort de son père, Carla Stenmark hérite d'un domaine viticole dans la Barossa Valley, en Australie. Une propriété dont son père ne lui a jamais parlé. Pas plus que de son passé secret, qu'elle découvre à la lecture de son journal intime : accusé à tort d'avoir séduit la fiancée de son frère, Rolfe a été renié et banni par son propre père. En s'installant à Sundown Crossing avec son fils, c'est donc un double défi que Carla s'apprête à relever : remettre en état un vignoble en friche depuis des années, et renouer avec le clan Stenmark, bien qu'héritière d'un fils maudit…

Best-Sellers n°376 • roman

Les filles du capitaine - Benita Brown

Depuis la mort de leur mère, Josie et Flora Walton sont choyées par leur père et leurs grands-parents maternels. Mais le capitaine a un faible pour Flora, portrait vivant de sa défunte épouse qu'il adorait. Et si Flora est capricieuse et instable, comment lui en vouloir quand on sait que leur mère est morte en la mettant au monde ? Une tragédie que nul n'ose évoquer et dont Josie ne garde qu'un souvenir confus. Pourtant, elle sent qu'on lui cache quelque chose. Un secret de famille qu'elle est bien décidée à découvrir pour exorciser enfin les ombres du passé et permettre à tous les siens de s'ouvrir enfin à l'avenir — et à l'amour…

Best-Sellers n°377 • thriller

Le lien maudit - P.D. Martin

A l'âge de 8 ans, Sophie Andersen a brutalement eu la vision de la scène du meurtre de son frère. Ce drame l'a marquée à jamais. Devenue flic, elle exerce ses talents de *profiler* au FBI tout en essayant d'occulter ce don terrifiant. Cependant une enquête, la plus perturbante de sa carrière, l'oblige à faire appel à ses visions : plusieurs meurtres particulièrement brutaux, d'abord imputés au même tueur en série, semblent avoir été perpétrés non pas par un, mais par plusieurs assassins, qui tuent à l'unisson...

Best-Sellers n°378 • suspense

Sombre présage - Heather Graham

Lorsque Genevieve O'Brien engage Joe Connolly pour enquêter sur la mort d'un membre éminent des « Corbeaux », un club d'amateurs d'Edgar Poe dont fait partie sa mère, celui-ci n'accepte qu'à contrecoeur. Pourtant, Geneviève le sent, la mort rôde autour des Corbeaux. Et Joe, qui possède le don de communiquer avec les défunts, comprend rapidement qu'un tueur obsédé par Edgar Poe rôde dans la ville…

Best-Sellers n°379 • thriller

Jusqu'au dernier souffle - Rita Herron

Survivante d'un *serial killer* qui enterrait ses victimes vivantes, Lisa Langley a vécu l'enfer. Elle tente de se reconstruire lorsque, quatre ans plus tard, des meurtres identiques sont perpétrés. Terrorisée, elle se tourne vers Brad Booker, l'agent du FBI qui l'a déjà arrachée à la mort. Car un autre tueur semble vouloir continuer « l'œuvre » du psychopathe dont Lisa a été cible, et la poursuivre jusqu'à ce qu'elle rende son dernier souffle…

Best-Sellers n°380 • historique

Un parfum d'Irlande - Erin Yorke

Irlande, 1588

Un soir de tempête, alors qu'Alanna O'Donnell cherche un moyen de fuir un mariage forcé, les gardes du château de son oncle capturent l'équipage d'un galion espagnol suspecté d'appartenir à la flotte envoyée par le roi d'Espagne pour envahir l'Angleterre. Nus et entravés, les prisonniers sont déférés devant le seigneur des lieux, et Alanna, est chargée de jouer les interprètes. Troublée, elle ne peut détacher son regard de leur chef, Lucas del Fuentes, un homme insolent qui, en dépit de la situation, ne se gêne pas pour la courtiser. L'oncle d'Alanna, agacé par la tournure des événements, rend son verdict: Lucas et ses hommes seront pendus à l'aube…

Best-Sellers n°381 • roman

Le fruit défendu - Erica Spindler

Issue d'un milieu qu'elle a rejeté et qui lui fait honte, Hope est prête à tout pour échapper à un destin qu'elle hait. La chance se présente à elle sous les traits de Philip St. Germaine, un homme de la haute société qu'elle parvient à tromper sur ses origines et à épouser. Mais la naissance d'une petite fille réveille les démons d'un passé qu'elle croyait avoir laissé derrière elle à tout jamais. Un passé sulfureux dont la petite Glory risque d'hériter… à moins que Hope, qui a pour sa fille les plus grandes ambitions, ne parvienne à lui mentir à son tour sur ses origines…

Composé et édité par les

éditions Harlequin

Achevé d'imprimer en France (Malesherbes)
par Maury-Imprimeur
en avril 2009

Dépôt légal en mai 2009
N° d'imprimeur : 144912 — N° d'éditeur : 14215